双葉文庫

神楽坂0丁目 あやかし学校の先生になりました

桑野和明

目次

CONTENTS

プロローグ

小学生の頃、私は活発な子供だった。
女の子なのに、男の子といっしょに校庭を走り回り、よくケガをした。
そんな私のケガを手当してくれたのが、保健の先生だった。
白く清潔な保健室で、先生はひざを擦りむいた私に沁《し》みない傷薬を塗ってくれた。
ケガをして不安な気持ちも、先生の笑顔を見ていると魔法のように消えていった。
そんな記憶が、私の将来の目標を決めさせた。
保健の先生になって、自分も生徒たちのケガを治す！
私は大学の教育学部で養護教諭養成課程を修了して、養護教諭一種免許状を取得した。
正直、自分でも頑張ったと思っている。
教育学、心理学、外国語にカウンセリング………。
毎日、深夜二時過ぎまで勉強した。
それでも、私は幸せだった。
ついに保健の先生になれると思ったから。

だけど、現実は厳しかった。

養護教諭の免許を持っていても、採用試験に受からないと意味はない。

私はどこの学校にも採用されず、看護師のバイトで生活費をまかないながら、神楽坂《かぐらざか》にあるワンルームのアパートで二年を過ごした。

そして、二〇一九年の春、私——如月由那《きさらぎゆな》は二十四歳になった。

一話

東京都新宿区にある神楽坂《かぐらざか》はいい街だ。

雰囲気のいいカフェやおしゃれな雑貨屋がたくさんあり、観光客が集まる名所も多い。

江戸時代の雰囲気を感じることができる細い石畳の路地。

毘沙門天《びしゃもんてん》像が祀《まつ》られている善國寺《ぜんこくじ》に、女性の願いを叶えてくれるパワースポットで人気の赤城《あかぎ》神社。

そんな名所に囲まれた場所に、私の住む小さなアパートがある。

家賃は共益費込みで、六万八千円。

実家のある熊本の家賃事情と比べるとちょっと高めだが、東京ならこんなものだろう。

私はフローリングの床に腰を下ろして、ふっと息を吐き出した。

ガラス製のテーブルの上には、預金通帳が置いてある。

「残高、残り三十五万か……」

ショートボブの髪をかきむしりながら、うなるような声を出す。

——西《にし》医院のバイトは今日で終わりだし、次のバイト先を見つけるのは時間がかかりそうだな。となると、家賃と光熱費とスマホ代と食費と…………。

「二ヶ月ちょっとしか、もたないな」

ごろんと床に寝転がり、ぼんやりと白い天井を見上げる。

「…………いつになったら、養護教諭になれるのかな」

視線を動かすと、木製の本棚にみっしりと並べられた本の背表紙が見えた。

『養護教諭参考書』『養護教諭マニュアル』『役立つ応急処置』『子供のケアと危機管理』

――そういや、参考書代の引き落としもあるんだっけ。今月買いすぎちゃったんだよな。

「お金がもっとあれば、心も安定するんだけどな。百億円ぐらいあれば、自分で学校を経営することもできるのに。神楽坂《かぐらざか》の土地をどかんと買い取ってさ、校舎は近代的な感じにして…………って、そんなことは考えるだけ無駄か」

壁に掛かった時計を見ると、午後六時を過ぎていた。

「とりあえず、夕ご飯作るか…………」

のろのろとした動作で立ち上がり、冷蔵庫の扉を開ける。中には、飲み物と調味料しか入ってなかった。

「あ、しまった。昨日、残り物で野菜炒め作って、おかずなくなってたんだ」

――しょうがない。スーパーに行ってくるか。

　私は二年前に買ったダウンジャケットを着て、アパートを出た。

　神楽坂《かぐらざか》商店街のスーパーで買い物をした後、私は緩やかな坂道を足早に歩き出した。

　季節は三月下旬で、夜の空気はまだ冷たい。周囲の店から漏れる光が、私の白い頬《ほお》を照らしている。

　――帰りに五十番《ごじゅうばん》の特製肉まん買って帰ろうかな。あれ美味しいんだよな。あっさりしてるのにコクがあって。あ、でも、節約しないとまずいか。

「にゃあ……………」

　突然、足元から猫の鳴き声が聞こえてきた。視線を落とすと、黒猫が金色の瞳《め》で私を見上げていた。

　私はしゃがみ込んで、黒猫に顔を近づける。

「どうしたの？　こんなところで？」

　黒猫は逃げようとせず、伸ばした私の手に頭を押しつける。

「人慣れしてるな。飼い猫じゃなさそうだけど…………地域猫かな？」

「にゃああ」

　黒猫は私のつぶやきを否定するかのように、首を左右に振った。その仕草に頬《ほお》が緩む。

「私の言葉がわかるみたいだね…………あ…………」

その時、黒猫の後ろ脚が傷ついていることに気づいた。

「あれ？　ケガしてるの？」

私は黒猫を持ち上げて、後ろ脚を確認した。後ろ脚の膝と飛節の間から僅《わず》かに出血している。

「うーん…………ケンカでもしたのかな。深い傷じゃないけど、このままじゃまずいか。手当してあげるから、大人しくしてるんだよ」

「にゃーん」

黒猫は可愛らしい声で鳴いて、私の手をぺろぺろと舐《な》めた。


アパートに戻ると、私は台所で黒猫の後ろ脚を丁寧に洗った。

黒猫は暴れることもなく、じっと私に身を任せている。

——水に濡れるのを嫌がる猫が多いと思ってたけど、この子は変わってるな。

「もう少し我慢してね。水でしっかり洗っておいたほうがいいから」

「にゃあー」

「よし！　いい返事！」

黒猫を抱いて部屋に移動して、清潔なガーゼで傷口をしっかりと押さえた。

「これ、圧迫止血って治療法なんだ。十分ぐらい、こうやって押さえておくと、血が止まりやすいんだよ」

「にゃっ！」

「まあ、ひどいケガじゃないから、これで大丈夫だと思うよ」

「………にゃあ」

黒猫はぺこりと頭を下げる。

「あははっ！　ほんとに不思議な猫だね。お礼のおじぎなの？」

「にゃっ、にゃあ」

「ありがとう。でも、お礼なら、保健の先生の仕事を紹介してもらえないかな」

「にゃあ？」

「いやさ、人間は生きていくためにお金が必要なんだよ。わかる？」

黒猫は金色の目を大きく開き、私の話を聞いているように思えた。

「あ、もちろん、お金だけじゃないよ。保健の先生になって、生徒たちの体と心の健康を守りたいって思ってるんだ。これって、素敵な仕事だと思わない？」

「にゃああ！」

「そっか。君もそう思ってくれるんだね」

私はこの黒猫が好きになった。

「可愛いなぁ。飼ってあげたいけど、このアパート、ペット不可なんだよね。ごめんね」

「にゃああ？」

「でも、今日一日ぐらいは大丈夫だと思うから、朝まではここにいるといいよ」

私の言葉に、黒猫はピンク色の舌で私の手を舐《な》めた。


その出来事から三日後。

私が朝食の準備をしていると、ドアをノックする音が聞こえてきた。

「あれ？　誰だろう？」

カーディガンを羽織り、玄関のドアを開ける。

すると、そこには八十歳ぐらいのお婆さんが立っていた。お婆さんは淡い紫の着物を着ていて、髪は雪のように白かった。

――上品そうなお婆さんだな。

「あ、あのー、何かご用でしょうか？」

私が質問すると、お婆さんは薄く紅を塗った唇を開いた。

「はい。如月由那様にお願いがありまして」

お婆さんは、藍色のバッグから名刺を取り出し、私に差し出した。

『白川学校　理事長　白川比佐子』

「私、白川学校の理事長をしております、白川比佐子《しらかわひさこ》と申します」

「りっ、理事長？」

私の声が上擦《うわず》った。

「実は如月様に、うちの学校で働いてもらえないかと」

「えっ？　働くって、養護教諭としてですか？」

「もちろん、そうですよ」

お婆さん――白川さんは口元に手を当てて、上品に微笑《ほほえ》む。

「ほっ、本当ですか？」

突然の申し出に、名刺を持つ手が震えた。

――まさか、私がスカウトされるなんて…………って、あれ？　ちょっと待って。こんなこと、本当にあるの？

私はまじまじと白川さんを見つめる。

「…………これって、冗談ですか？」

「冗談？」

白川さんは首をかしげる。

「あなたは保健の先生になりたいのよね？」

「はい。でも、こんなことあるはずないです。採用するにしたって、理事長が直接私のアパートに来るなんて変だし。普通は手紙かメールですよね？」

「そうかしら？」

「そうですよ。第一、誰から私のことを聞いたんですか？　ハローワークじゃないですよね？　それとも西医院の先生ですか？」

「そんなことはどうでもいいでしょ」

白川さんはしわのある手で私の肩に触れた。

「重要なのは、あなたが私の学校で働きたいかどうかよね？」

「それは…………」

「突然の話だから、警戒するのはわかるけど、一度、うちの学校に来てみない？」

「学校に…………ですか？」

「ええ。ここから、歩いて十五分もかからないから」

「えっ？　学校って神楽坂《かぐらざか》にあるんですか？」

私の質問に、白川さんはうなずく。

「できたばかりの学校なの。だから、こうやって、有望な人間……………人材を集めてるってわけ」

「有望って、私、養護教諭の資格は持ってますけど、まだ、学校に勤めたことはなくて」

「でも、あなたには誰にも負けない情熱があるじゃないですか。保健の先生になって、生徒たちの体と心の健康を守りたいって思っているんでしょ」

「どうして、そんなことまで………」

「まあ、いいじゃない。そんな些細なことは」

白川さんは目を細くして、にんまりと笑った。

私は白川さんといっしょに神楽坂《かぐらざか》通りを南に向かった。

白川さんはぴんと背筋を伸ばして、滑るように歩いている。

――お年寄りなのに、歩くスピードが速いな。まあ、学校の理事長をやるぐらいだから、元気でないとダメなのかもしれない。

白川さんは左に曲がり、神楽坂《かぐらざか》仲通りから、かくれんぼ横丁に入った。かくれんぼ横丁は石畳の細い路地がある場所で、左右には老舗の料亭が並んでいる。

——ここって、いつ来ても東京とは思えない雰囲気あるな。幻想的というか、時間が止まっているような感じがする。

まだ、朝なので店は開いておらず、周囲に人の姿もない。

——それにしても、この辺にある学校って、津久戸《つくど》小学校ぐらいじゃなかったっけ？

白川学校なんてあったかな？

「すみません」

私は前を歩いている白川さんに声をかけた。

「本当に、この辺に白川さんの学校があるんですか？」

「ええ。小さい学校だけど、ちゃんと運動場もあるのよ」

そう言って、白川さんは石畳の道を左に曲がる。その先は直線になっていて、左右は黒い塀に囲まれていた。

「あれ？　この道…………」

私は足を止める。

——この道…………変だ。こんな長い直線の道なんて、かくれんぼ横丁にはないはずなのに。

「ちょっと待ってください」

「ん？　どうしたの？」

白川さんがくるりと振り返る。

「こんな道、かくれんぼ横丁にはなかったはずです」

「…………そう？　私はいつも使っているけど」

「いつもって、じゃあ、この先に学校があるんですか？」

「ええ。もう見えるでしょ」

白川さんは道の先にある石段を指差した。石段の奥に木造二階建ての校舎が見える。

「ウソ…………」

掠《かす》れた声が自分の口から漏れる。

——大学に通うために神楽坂《かぐらざか》に引っ越してから、もう五年以上経《た》ってるけど、こんな学校なかった。最近できたにしては校舎が木造だし、デザインだって古い。

「ここって…………どこ？」

「ここは神楽坂《かぐらざか》0丁目よ」

「0丁目？　そんな区域あるはずないです。神楽坂《かぐらざか》は一丁目から六丁目までだし」

「まあ、知らない人間のほうが多いでしょうね」

「いや、知らないじゃなくて、地図にも載ってないし」

「そういう場所もあるってこと」

白川さんは、すたすたと歩き出す。

「どうなってんの？」

私は頭をかきながら、白川さんの後を追った。


校門を抜け、木造の校舎に入ると、中はしんと静まり返っていた。空気は澄んでいて、木目の見える廊下はぴかぴかに磨かれていた。

「さあ、こっちよ」

白川さんは音も立てずに廊下を進み、理事長室の扉を開けた。

理事長室にはテーブルと革製のソファーがあり、その奥に大きな机とイスがあった。壁際には本棚が置かれていて、分厚い本が綺麗に並べられている。

「さあ、座って」

白川さんにうながされて、私はソファーに座った。

「で、どう？　この学校は？」

「どうって、変なことだらけです」

私は膝の上に載せた両手を、ぎゅっと握り締める。

「できたばかりの学校って、言ってましたよね？　それなのに、どうしてこんなに校舎が古いんですか？　今時、木造二階建てなんて、ありえないですよ。それに………」

私は窓から見える校庭に視線を動かす。

校庭には桜やコナラの木が生えていて、高さの違う鉄棒が並んでいる。

「こんな広い敷地があるはずないんです」

「でも、あなたはここにいる」

白川さんは湯気の立つお茶の入った湯呑みを私に差し出す。

「これが現実ってこと。どんなに不思議だと思ってもね」

「不思議って………あ、あれ？」

私は目の前にある湯呑みをじっと見つめる。

「このお茶、どこから？」

「俺が持ってきた」

突然、足元から声が聞こえてきた。

視線を落とすと、そこには、背丈が五十センチ程の黄土色の何かがいた。それはハニワのような姿をしていて、目と口の部分に、ぽっかりと穴が開いている。腕は細くて、足の部分は見えなかった。

「…………は？」

私はぽかんと口を開け、ハニワのような生き物を凝視する。

「何…………これ？」

「俺はハニポンだ」

「は…………ハニポンさん？」

「ハニポンさんじゃない。ハニポンだ」

それ…………ハニポンは指のない手でぺとりと私の足に触れる。

「ひ…………ひっ！」

私は跳ねるようにソファーから立ち上がった。

「こっ、こっ、これ、何なんです？」

「あやかしよ」

白川さんが当たり前のように言った。

「あ、あやかし？」

「ええ。妖怪って言ったほうがわかりやすいかしら」

「何、バカなこと言ってるんですか？　あやかしなんているわけないですよ」

「じゃあ、この子は何？」

白川さんはハニポンのつるんとした頭を撫《な》でた。ハニポンは目を細めて、ゼリーのように、ぷるんと体を震わせる。

「あなたには、ハニポンが犬や猫に見えるの？　それともロボット？」

「それは……………」

私は口をもごもごと動かして、ハニポンを見つめる。

――犬や猫でないのは一目でわかる。他の動物でもロボットでもない。でも、これがあやかしなんて…………。

「本当にあやかしなんですか？」

「そうよ。そして、この学校の生徒ね」

「生徒っ？　じゃあ、ここって…………」

「あやかしの学校よ」

「…………はぁっ？」

私の声が裏返った。

「人間の学校じゃないんですか？　小学校とか中学校とか」

「あやかしじゃダメかしら？」

「ダメに決まってます！」

私はきっぱりと言った。

「私が働きたいのは、普通の人間が学ぶ学校なんです。第一、あやかしのことなんて、何も知らないのに、保健の先生なんて、やれるわけないです」

「あなたなら大丈夫。あやかしの手当もちゃんとできたし」

「あやかしの手当?」

「ええ。三日前にね」

「そんなこと、私………あっ!」

私は黒猫の手当をしたことを思い出した。

「あの黒猫が………あやかし?」

「そう。あの子があなたのことを教えてくれたの」

白川さんは胸元で両手を合わせて、にっこりと微笑《ほほえ》む。

「本当によかった。あやかしの学校を作ったのはいいけど、人間のことを教えてくれる先生がいなくて」

「先生がいない?」

「そうなの。だから、当面はあなたが授業をしてもらわないと」

「私が授業って………」

私は頭を抱えて、眉間《みけん》にしわを寄せた。

「私が授業なんて、できるわけないです。そんな資格もないし」

「それは人間の生徒を教える資格がないってことでしょ？　あやかしの生徒なら問題ないから」

「それなら、白川さんが教えればいいじゃないですか」

「でも、人間のことは人間に教わるほうが間違いないから」

「だから、白川さんが…………」

私は口を半開きにしたまま、白川さんの顔を見つめる。

――あれ？　今、変なこと言わなかった？　それって、つまり…………。

「そうよ」

私の思考を読んだかのように、白川さんが答えた。

「私もあやかしなの」

「…………は、ははっ」

頬《ほお》の筋肉がぴくぴくと動いた。

「な、何言ってるんですか？　白川さんは、どこから見ても人間…………」

突然、白川さんの体がかき消え、目の前に巨大な白い狐が現れた。狐は巨大な熊のように大きく、ふさふさとしたしっぽが九本あった。窓から射し込む太陽の光を浴びて、白い毛並みが輝いている。

「これで、信じてくれるかしら」

尖《とが》った歯が並ぶ口から、白川さんの声が漏れた。

私は首を動かして、巨大な狐を見上げる。

「何…………なの？」

「あら？　私のことを知らない？　九尾の狐って、有名だと思ったけど」

「九尾の狐？」

「ええ。強い妖力を持つあやかしで、私の先祖は美女に化けて、国を滅ぼしかけたこともあったようね。殷《いん》の妲己《だっき》や玉藻前《たまものまえ》のことは知ってるでしょ？」

白川さんは狐の姿で笑う。

「さてと、正体も見せたことだし、こうなったら、先生の仕事はやってもらわないと」

「やるわけないでしょ！」

ぶんぶんと首を左右に振る。

「あやかしの学校に勤めるなんて、絶対に無理だから」

「絶対に？」

「絶対です！」

「…………そう」

白川さんの声が暗くなった。

「それは残念ね。まだ、若いのに…………」

「そうですよ。まだ、私は二十四歳で…………んんっ？」

私は首を左に傾ける。

「…………若いのにって、どういう意味ですか？」

「あなたが死ぬってことよ」

「え…………？」

「だって、私があやかしだと知られてしまったんだから。その秘密を守るためにも殺しておかないと」

「は、はぁ？　それ、自分でバラしたんじゃないですか？」

「あなたが私の学校の先生になってくれると思ってたからね。でも、そうでないのなら、無関係の人間だし、殺しても問題ないでしょ」

「殺す…………」

「こっちはあやかしで人間じゃないんだから、人間の法律に従う必要はないし」

「そ……そんな……」

「って、言ったらどうする？」

白川さんは、ぐっと顔を近づける。

「死ぬのは嫌よね？」

「あ、当たり前です」

「でも、人間の命なんてどうでもいいと思ってるあやかしはたくさんいるの。それって、困るでしょ？」

その質問に、私は強張《こわば》った顔でうなずく。

「こ、困ります」

「だから、あやかしの学校が必要なの。人間と共存していくためにね」

「共……存？」

「そう。あなただって、人間に危害を及ぼすあやかしを減らしたいって思うわよね？」

「それは……そうですけど」

「なら、あなたが教えてあげて。人間のことを」

白い狐がぱっといなくなり、お婆さんの姿の白川さんが現れた。白川さんはにっこりと笑いながら、私の肩に触れる。

「どうせ、他に仕事もないんでしょ。ちゃんとお給料も出すから。もちろん、木の葉のお札じゃなくて、本物の日本銀行券よ。私はあやかしだけど、それなりに資産があるから」

「でも………」

「死ぬほうがいいの?」

「それはイヤです!」

「それなら、働いてもらうしかないわね」

「………」

周囲の空気が重く感じた。

――何、この状況。夢………じゃないし、幻覚ってわけでもない。

足元で動き回っているハニポンを見る。

――あやかしの学校で保健の先生をやるなんて、ありえない。でも、断ったら………。

口の中がからからに乾き、手のひらに汗が滲む。

「ねぇ、由那さん」

白川さんが私の名前を口にした。

「とりあえず、一ヶ月ならどう?」

「一ヶ月?」

「ええ。一ヶ月だけ、うちの学校で働くの。その後、続けるかどうかは、あなたが決めていいから」

「私が…………」

「これが最大限の譲歩ね。これでもイヤって言うのなら…………」

「や、やります！」

私は慌てて返事をした。

「その言葉を聞きたかったの」

白川さんは目尻にしわを寄せる。

「じゃあ、他の生徒を紹介するから、ついてきて。二階の教室にいるはずだから」

「は、はい。よろしくお願いします」

私は額《ひたい》に浮かんだ汗を、手の甲で拭った。


ぎしぎしと音がする階段を上がり、私と白川さん——理事長は二階にある教室に入った。

そこには机とイスが整然と並んでいて、真ん中辺りの席に男の子と女の子が座っていた。

男の子は十一歳ぐらいで、若緑の着物を着ていた。髪は柔らかそうな黒髪で、僅《わず》かに開いた唇から八重歯が覗《のぞ》いている。七歳ぐらいの女の子は、ワンピースタイプのピンクのセーラー服を着ていて、長い髪をツインテールにしている。

——あれ？ 普通の小学生の男の子と女の子に見えるけど、あの二人があやかしなの？

ハニポンと違って、外見は人間と同じ………。

その時、女の子の頭の上に、ぴょこんと猫のような耳が生えていることに気づいた。

「あっ………」

女の子は私に気づくと、瞳《め》を輝かせて駆け寄ってきた。紺色のスカートの裾から、黒いしっぽが見えている。

——まさか、この子………。

女の子は、私の前でぺこりとおじぎをした。

「あ………あの………ありがとう」

舌足らずの声で、女の子はお礼を言った。

「私………小鈴《こすず》です」

「小鈴？」

隣にいた理事長が私の耳元に口を寄せた。

「あなたがケガの手当をしてくれた化け猫の小鈴よ」

「ばっ、化け猫っ？」

「…………うん」

恥ずかしそうに小鈴がうなずく。

「化け猫って…………」

私は両目を見開いて、小鈴ちゃんを見つめる。

――この子が化け猫？　猫の耳と黒いしっぽはあるけど、ほとんどコスプレじゃん。からかわれてるんじゃないよね？

「…………本当に化け猫なの？」

そう質問すると同時に女の子の姿が消え、足元に黒猫が現れた。

黒猫…………小鈴ちゃんは私を見上げて、「にゃーん」と鳴いた。

「化け猫って、普通の黒猫にしか見えないけど」

「にゃっ！」

小鈴ちゃんはショックを受けたような顔になった。

「おいっ！」

男の子がイスから立ち上がって、私を睨《にら》みつけた。

「小鈴が気にしてること言うなよ」

「あ、気にしてたんだ」

「当たり前だろ。化け猫はあやかしで、猫じゃないんだから」

「君も化け猫なの？」

「俺は座敷童子の風太《ふうた》だ」

「座敷童子って、旅館に住んでて、見たら幸せになるってあやかし？」

「普通の家や倉にも住んでるけどな」

男の子——風太くんは八重歯をかちりと鳴らす。

「で、こいつが俺たちの先生になるのか？」

「そうよ」

理事長が答える。

「保健の先生だけど、授業もやってもらうから」

「授業って、人間のことを学ぶってやつか？」

「他にも、国語や算数なんかもね」

「そんな授業覚えて、意味あるのか？」

「もちろんよ。だから、こうやってあやかしの学校を作ったんだから」

理事長は目を細めて、教室を見回す。

「まだ、生徒は三匹だけど、どんどん生徒を増やしていくから、楽しみにしててね。由那さん」

「は…………ははっ」

私の頬《ほお》がぴくぴくと痙攣《けいれん》するように動いた。


理事長が教室から出て行くと、風太くん、小鈴ちゃん、ハニポンの視線が私に集中した。

——何、この状況…………。

自分の表情が強張《こわば》っているのがわかる。

——教育実習で保健の授業はやったけど、人間のことを教える授業なんて、やったことない。しかも、あやかしの生徒相手に。風太くんと小鈴ちゃんは人間っぽいけど、ハニポンは完全に謎の生物だし。

私は教壇に立って、深く息を吸い込む。

——とにかく、まずは自己紹介から始めよう。これは基本だと思うし。

「えーと、皆さん、こんにちは。私は如月由那です。今日から、この学校で働くことになりました。何か悩みや相談があったら、気軽に声をかけてください。で、では、皆さんも自己紹介をお願いします」

「俺と小鈴のことは、もう知ってるだろ」

風太くんから突っ込みが入った。

「そっ、そうですね。じゃあ、ハニポン」

自分の名前を呼ばれて、ハニポンはうねうねと手を動かした。

「俺はハニポンだ。ハニワに取り憑いたあやかしだぞ。知らなかっただろ？」

「うーん。名前と外見で、ちょっと想像できちゃったかなー」

「そうか？」

ハニポンは首の部分を僅《わず》かに傾ける。

「それなら、俺の好きな物もわかるか？」

「それは、わからないな。何なの？」

「お饅頭《まんじゅう》だ」

「………………そ、そう。あやかしも甘い物好きなんだね」

「五十鈴の神楽坂饅頭《かぐらざかまんじゅう》が一番好きだ」

「あーっ、あのお店のお饅頭《まんじゅう》はたしかに美味しいよね」

私が同意すると、ハニポンは嬉しそうに笑う。

「お前、わかってるな」

「お前じゃなくて、先生って呼んでね」

「じゃあ…………由那先生でいいか？」

「う、うん。まあ、名字でも名前でもいいよ」

「ゆ…………由那先生」

小鈴ちゃんが頰《ほお》を赤くして、私の名前を口にした。

「私、漢字をいっぱい覚えたい」

「漢字かぁ。ひらがなはわかるの？」

「…………うん。漢字も自分の名前だけなら書ける」

小鈴ちゃんは、人差し指を立てて、机の上に指で『小鈴』と書いた。

「すごいじゃない！　どこで覚えたの？」

「比佐子に教えてもらった」

「比佐子？　ああ、理事長のことね」

「でも、比佐子は忙しそうだから、あんまり教えてもらえない」

「それなら、私が教えてあげるよ」

私は小鈴ちゃんの頭に生えた耳を撫《な》でる。小鈴ちゃんは嬉しそうに目を細める。

——そうだ。文字を教えてあげよう。ひらがなにカタカナに漢字を。そうすれば、自分たちで勉強することもできるし。

「ねぇ、ハニポン」

私はハニポンに声をかけた。

「ハニポンは文字は書ける？」

「書けないし、読めないぞ」

ハニポンは、ぐっと胸を張る。

「そ、そう。じゃあ、ハニポンはひらがなから覚えようか。えーと、風太くんは？」

「ひらがなもカタカナもわかるし、漢字も少しは知ってる」

機嫌が悪そうな声で、風太くんは答えた。

「それなら、アルファベットを教えてあげようか。これも知っておくと、役に立つから」

「それより、お前に聞きたいことがある」

「聞きたいこと？」

「お前が、俺たちのことをちゃんとわかっているかだ」

風太くんはトントンと机を人差し指で叩《たた》く。

「牛鬼って、知ってるか？」

「ぎゅうき？　う、ううん。知らないけど」

「じゃあ、姑獲鳥は？」

「うぶめ？」

「どっちも有名なあやかしだぞ」

風太くんは鋭い視線を私に向ける。

「あやかしのこと、何も知らないんだな」

「だって、あやかしなんて、見たことなかったし」

「お前が気づかなかっただけだ。あやかしはどこにでもいる」

「どこにでも？」

「あやかしは、人間に見えない奴らも多いからな。他にも姿を消したり、何かに化けたりすることができる奴もいる」

風太くんの姿が薄くなり、すっと消えた。

「こんな風にな」

風太くんの声だけが聞こえてきた。

「はぁ…………」

思わず、ため息のような声が漏れた。

――外見は人間と同じの風太くんも、やっぱり、あやかしなんだ。こうやって、目の前で消えられると信じるしかない。

数秒後、ぱっと風太くんが姿を見せた。

「これで、わかっただろ。俺たちは、人間の子供とは違う。あやかしのことを何も知らないお前が、先生なんてやれるわけないんだ」

「それは…………そうかもしれない」

「自分でも、認めるんだ？」

「…………うん。あやかしのことなんて、何も知らないのはわかってるから」

「それなのに、俺たちの先生をやるのか？」

「私だって、やりたくて、やってるわけじゃなくて」

「えっ？」

小鈴ちゃんが驚いた顔をした。

「でも、由那先生、私に保健の先生の仕事を紹介してって…………」

「そういえば、黒猫の時の小鈴ちゃんに、そんなこと話したっけ。あれは人間の学校のことだったんだよね」

「あやかしの学校はダメなの？」

「ダメっていうか、予想外だったかな」

「私、由那先生から、いろいろ教えてもらいたい。漢字のこととか人間のこととか、いっぱい教えてもらいたいの」

「……………そっか」

小鈴ちゃんの言葉に、左胸の奥が熱くなった。

――こういうのいいな。自分が慕われてる感じがする。小鈴ちゃんが普通の人間だったら、よかったのに。

「おいっ、小鈴！」

風太くんが小鈴ちゃんの顔を覗《のぞ》き込む。

「こんな先生でいいのか？　あやかしのことを何も知らないんだぞ」

「それなら、私たちが教えてあげればいいよ」

「俺たちが？」

「うん。私たちがあやかしのことを教えて、由那先生から、人間のことを教えてもらうの。そしたら、由那先生も喜んでくれるよ」

小鈴ちゃんはぐっとこぶしを握って、きらきらと瞳《め》を輝かせる。

「それに、由那先生はケガも治してくれるんだよ」

その言葉に、思わず苦笑する。

――保健の先生だから、生徒のケガを治すほうがメインなんだけどね。

私は、目の前にいる三匹のあやかしを交互に見つめる。

――小鈴ちゃんは素直でいい子だな。風太くんは私に不信感を持ってるみたいだけど、悪い子じゃなさそう。ハニポンも…………ちゃんと私の言葉が理解できているし。

「わかったよ」

風太くんが面倒くさそうに頭をかいた。

「お前たちは、こいつの授業を受ければいい。俺は好きにやるから」

「えっ？　好きにやるって？」

「もともと、俺はこんなところに来たくなかったんだよ。それなのに、比佐子が無理矢理、俺をここに連れて来たんだ。人間のことを学んで、仲良くしろって」

「人間と仲良くしたくないの？」

私の質問に、風太くんの顔が強張《こわば》った。

「…………人間なんて、どうだっていい。どうせ、俺は…………」

風太くんは唇を噛みしめて、私に背を向けた。そのまま、早足で教室から出て行く。

「あ、待って！」

廊下に出ると、風太くんの姿はなかった。

「風太くん！　いるの？　姿見せてよ！」

「もう、いないよ」

小鈴ちゃんが私の袖《そで》を掴《つか》んで言った。

「………………授業放棄か」

ずっしりと肩が重くなった気がした。

――私が頼りないせいかもしれないけど、何か変だったたな。

「………………ねぇ、小鈴ちゃん。風太くんって、人間嫌いなの？」

「ううん。風太は人間が好きだよ」

「じゃあ、どうして、『人間なんて、どうでもいい』なんて、言ったんだろ？」

「それは、風太が失敗したから………………」

小鈴ちゃんが悲しそうな顔をした。

「一年前に風太が住んでた家の人間が不幸になって」

「えっ？　座敷童子なのに？」

「………………うん。風太を敬ってたのに貧乏になって、家を売らないといけなくなったの。

それで、風太は人間と関わるのが怖くなって、今は外で暮らしてる」

「そうだったんだ」

強張《こわば》った風太くんの顔が脳裏に浮かび上がる。

——あやかしにも悩み事ってあるんだな。そのへんは人間と同じ………か。人間の子供だって、いろんな悩みを抱えている。家族の悩みや友達の悩み。勉強や進路の悩みも。そんな子たちを助けてあげるために、養護教諭という仕事はあるんだ！

「おい、由那先生！」

ハニポンがぺちぺちと机を叩《たた》く。

「早く、ひらがなを教えろ。俺は神楽坂饅頭《かぐらざかまんじゅう》を書けるようになりたい」

「あ………そうだね。じゃあ、五十音を書くから」

私は白いチョークで黒板に五十音を書き始めた。

一時間程の授業を終えて、私は理事長室に向かった。

木製の扉を開けると、理事長がイスに座って、お茶を飲んでいた。

「あら？ もう、授業は終わり？」

「初日だから、今日はこれで終わりにします」

「四時間目ぐらいまで、やって欲しかったのに」

「いや。突然、授業をやれって言われても、こっちにも準備がありますから」

私は唇を尖《とが》らせる。

「保健の先生になるための勉強はしてきたけど、こんな授業をするのは初めてだから」

「そのうち慣れるわよ」

「慣れる前に、ちゃんとした先生を雇ってくださいよ。保健の先生が普通の授業もやるなんて、ありえませんから」

「それは人間の学校の常識でしょ。ここは、あやかしの学校だから」

「でも、生徒の数を増やす予定なんですよね？　それなら、私だけじゃ無理ですから。今でも、問題が起こってるのに………」

「問題？」

理事長の白い眉がぴくりと動いた。

「何かあったの？」

「風太くんが授業放棄したんです」

私はさっきの出来事を理事長に伝えた。

無言で私の話を聞いていた理事長が、深いため息をついた。

「理事長は風太くんの事情を知ってたんですか？」

「知ってたから、この学校に風太を誘ったのよ。人間のことを学べば、座敷童子として、成長できると思ってね。それに………」

「それに、何です？」

「最近、風太は悪いあやかしとつき合ってるみたいなの」

「悪いあやかしですか？」

「ええ。人間に危害を加えるような……」

理事長の声が暗くなった。

「多分、あいつ——邪骨《じゃこつ》が風太をそそのかしているのかも……」

「邪骨？」

「邪な骨と書いて邪骨。埋葬されなかった人間の骨があやかしに変化したの。人間の耳元で囁いて、悪いことをやらせたり、自殺させようとする危険なあやかしよ。白いお面をかぶってて、背が二メートルぐらいあるの」

「そんなあやかしと風太くんが……」

全身の血が一気に冷えた気がした。

「どうして、止めないんですか？」

「そんな権利が私にはないからよ」

理事長が即答した。

「この学校に通うのも、邪骨とつき合うのも風太の自由ってこと」

「でも、相手は危険なあやかしなんですよね？」

「人間にとってはね。あやかしの世界では、『人間に危害を加えてはいけない』なんて規則はないから」

　理事長は乾いた唇を湿らせるように、お茶を口にする。

「だから、風太が人間と対立することを望むなら、それはしょうがないわ」

「そんなのダメです！」

　私はパンと机を叩《たた》いた。

「風太くんは人間と関わるのを怖がっているだけで、本当は人間が好きなんです」

「どうして、それが、あなたにわかるの？」

「風太くんの表情と言葉でわかります」

　きっぱりと、私は答えた。

「風太くんが人間のことなんて、どうでもいいって思ってたら、この学校にも来てないですよね？」

「でも、迷ってるのかもしれない。人間と対立する生き方を選ぶのか、共存を選ぶのか」

「それなら、私が風太くんを説得します！」

「人間と共存する道を選ばせるってこと？」

「そうでないと、私がこの学校で働く意味なんてないから」

「…………そうね」

理事長は目尻にしわを寄せて笑った。

「私もそれを望んでる。だから、この学校を作ったんだし」

「理事長は、どうして人間と共存しようと考えてるんですか？」

「私は争い事が嫌いなの。人間と対立して退治された知り合いもいるし、私自身も死にたくはないから」

「でも、わざわざ学校を作らなくてもいいんじゃ…………」

「私だけじゃダメなのよ。他のあやかしが悪さをしたら、人間との対立は深まるばかりだし。全てのあやかしが悪だと思われると困るのよね」

理事長はため息をつく。

「だから、私と同じ考えを持つあやかしを増やしたいってわけ」

「…………なるほど」

私は腕を組んで考え込む。

——あやかしの学校を作ることは、人間にとっても得になるってことか。

「…………やっぱり、行くしかないですね」

「行くって、どこに？」

「風太くんを捜しにですよ。小鈴ちゃんから、風太くんがいそうな場所は聞いてますから」

「それなら、いいものをあげる」

理事長は机の引き出しを開けて、そこから銀色の指輪を取り出した。それを私に手渡す。

「これをはめてると、姿を消しているあやかしを見えるようになるの」

私は受け取った指輪を、しげしげと眺めた。指輪には見たことのないうねうねとした文字が刻まれている。

指輪を右手の人差し指にはめてみる。

「…………別に何も変わらないような…………」

「この部屋にいるあやかしは私だけだし、私は最初から姿を見せてたからね」

「…………はぁ。こんな指輪があるんですね」

「ある意味では、百カラットのダイヤより貴重だから、なくさないようにね」

「は…………はい」

人差し指にはめた指輪が、さっきより重く感じた。

学校を出て、私はかくれんぼ横丁に戻ってきた。

目の前をグレーのスーツを着た若い女性たちが通り過ぎていく。どうやら、ランチの店を探しているようだ。

いつもの光景に、安堵の息が漏れる。

――元の世界にちゃんと戻れたみたいだな。あの学校に、ずっと閉じ込められたら、どうしようって思ったけど……。

振り返ると、一直線の細い路地と木造の校舎が見えた。

――この道、誰も気づいてないみたいだな。まあ、気づいてたら、大騒ぎになってるか。

神楽坂《かぐらざか》に0丁目がありますって。

「と、そんなことを考えてる場合じゃなかった。早く、風太くんを捜さないと」

私は細い石畳の道を早足で歩き出した。

芸者新道を北に向かって歩いていると、朱色の鳥居と石段が見えた。鳥居の横には大きなイチョウの木が生えている。鳥居の上部の真ん中には額束があり、そこに『蒼野神社』と書かれてあった。

――たしか、この近くにある公園に、風太くんがよくいるって小鈴ちゃんが言ってたな。

その時、石段で何かが動いた。目をこらすと、そこにいたのは藍色の着物を着たネズミだった。ネズミは体長二十センチぐらいで、背筋を伸ばして、後ろ脚だけで立っている。

私が見ていることに気づいたのか、ネズミは少し慌てた様子で逃げ去っていった。

「もしかして……」

「おいっ！」

突然、背後から声が聞こえてきた。

振り返ると、神主の装束姿をした男の人が私を見下ろしていた。

年齢は二十代半ばぐらいで、身長は百五十一センチの私より三十センチ以上高い。肌は白く、すらりとした体型をしている。目は切れ長で左目の下に小さなほくろがあった。

――綺麗な男の人。装束姿ってことは、この神社の神主さんなのかな？

男の人は鋭い視線で私を見つめる。

「お前……見えてただろ？」

「見えてた？」

「あやかしだよ」

「あーっ。やっぱり、あのネズミはあやかしだったんだ」

「知らなかったのか？」

男の人は整った眉を僅《わず》かに吊り上げる。

「お前………名前は？」

「如月由那だけど」

「俺は蒼野秋斗《あおのあきと》。この神社の神主で、祓い屋をやってる」

「祓い屋？」

「あやかしを祓う仕事だよ」

男の人——秋斗さんは言った。

「お前は、あやかしが見えるのに、何もわかってないんだな」

「わかってないって、何が？」

「さっきのあやかしは臆病で、人間に視線を向けられることを嫌うんだ」

「あ………そうだったんだ」

「それなのに、見つめすぎだろ」

「しょうがないでしょ。そんなこと、知ってるわけないし。それに、あやかしを見たのは、今日が初めてなんだから」

「今日が初めて？」

秋斗さんが顔を私に近づけた。

「どういうことだ？」

「あやかしが見える指輪をもらったの」

私は指輪をはめた人差し指を秋斗さんに見せる。

秋斗さんは私の手首を掴《つか》んで、じっと指輪を見つめる。

——この人…………強引だな。初対面の相手の手を普通握る？

「…………誰からもらった？」

「それは…………私が働くことになった学校の理事長からだけど」

「学校？　もしかして、比佐子か？」

「理事長のこと、知ってるの？」

「九尾《きゅうび》の狐だろ」

「あ…………」

「比佐子は神楽坂《かぐらざか》にずっと棲《す》んでるあやかしの頭領みたいなものだからな。仕事柄、知ってたんだよ」

秋斗さんは面倒くささそうに頭をかいた。

「あいつ、本当にあやかしの学校を作ったんだな」

「先生は私ひとりだけどね」

「んっ？　お前が、あやかしの先生になるのか？」

「正確には保健の先生だよ」

「…………ふーん」

値踏みするような目で、秋斗さんが私を見る。

「変わってるな。あやかしの学校で働くなんて」

「好きで働くわけじゃないから！　無理矢理やらされてるの！」

「…………なるほど。それで、あやかしのことを何も知らなかったのか」

「ねぇ、あなたもあやかしが見えるんだよね？」

「そうでないと、祓い屋の仕事はできないからな」

「それなら、座敷童子を見なかった？　見た目は十二歳ぐらいの男の子なんだけど」

「見てないな。その座敷童子がどうかしたのか？」

「いや。うちの生徒なんだけど、授業中に逃げ出しちゃってね。今、捜してるの。危険なあやかしといっしょにいるかもしれないから」

「危険なあやかし？」

秋斗さんの表情が険しくなった。

「もしかして、邪骨か？」

「うん。そんな名前だったよ。知ってるの？」

「ああ。俺のターゲットだな」

「ターゲット？」

「邪骨に子供を殺された家族から、依頼を受けたんだ」

「えっ？　殺されたってホントに？」

「ウソつく意味なんてないだろ」

「それは………そうだけど………」

私は首を左に傾けて、うなるような声を出した。

「でも、そんなニュース聞いたことないよ。昨夜、あやかしが人を殺しましたとか」

「当たり前だろ。あやかしも幽霊も科学的に認められてないんだから」

「だけど、被害者がいるんでしょ？」

「当然、犯人は見つからずに迷宮入りになる。仮に捕まえても、牢屋で拘束することもできないからな」

「じゃあ、あなたはどうやって、あやかしを祓うの？」

「これだな」

秋斗さんは胸元から封筒サイズの白い紙を取り出し、それを手のひらに乗せた。

「………紙？」

「ただの紙じゃない」

突然、紙がぱたぱたと折りたたまれ、その形が蝶に変化した。紙で折られた蝶は、秋斗さんの手のひらから離れ、私の頭の上をひらひらと飛び回る。

秋斗さんがぴんと人差し指を立てると、紙の蝶が指先に止まった。

「…………う、ウソ」

私はぽかんと口を開けて、白い蝶を凝視する。

「この紙は、特別に育てたミツマタの木で作ったものだ。霊力を秘めていて、いろんな使い方ができる。こうやって、式神のように使うこともできるし、武器や防具にもなる」

秋斗さんがそう言うと、蝶が白い短剣に変化した。

「紙の短剣だが、斬れ味は日本刀と変わらないレベルだ」

「…………はぁ」

ため息のような声が自分の口から漏れる。

――こんなことができる人が本当にいるんだ。昨日までの私なら、トリックかもって疑ってただろうなぁ。

秋斗さんは短剣を一枚の紙に戻しながら、整った唇を動かす。

「もし、邪骨を見たら、すぐに逃げろよ」

「逃げる？」

「ああ。お前が見えてるってわかったら、邪骨は何をするかわからないからな」

「まさか、殺されるってこと？」

「その可能性もあるだろうな」

秋斗さんは私のはめている指輪を見る。

「とりあえず、そいつは外しておけ。そうすれば、邪骨がお前を狙う可能性は低くなるからな」

「それはダメ！」

「ダメって、お前、俺の話を聞いてなかったのか？」

「だって、この指輪をはめてないと、風太くんが捜せないから」

「…………自分の命より、あやかしのほうが大事なのか？」

「もちろん、命は大事だよ。でも、風太くんは私の生徒だから」

私はきっぱりと答えた。

「…………ふーん。無理矢理やらされてるって言ってるわりには熱心じゃないか」

秋斗さんは私に近づき、軽く肩に触れた。

「まあ、お前があやかしの先生をやるのなら、忠告しておく」

「忠告？」

「しっかりと生徒たちを教育しておけ。くれぐれも人間に悪さしないように、ってな」

秋斗さんの声が低くなった。

「比佐子が人間とあやかしの共存を考えているのは知ってる。だが、あやかしの中には、理屈が通じない奴も、たくさんいるからな。その座敷童子も邪骨と関わっているのなら、そのうち、人間を殺すようになるかもしれない」

「そんなこと…………」

「ないと断言できる程、お前はあやかしのことを知らないだろ」

「…………」

反論することができずに、私は両手のこぶしを固くした。

「まあ、俺が邪骨を退治するまで、じっとしてることだな。そうすれば、命を失う程の危険に遭うことはないだろう」

そう言って、秋斗さんは階段を上がっていった。

「…………はぁ」

私は溜《た》めていた息を吐き出した。

「祓い屋なんて、職業があるんだ……」

――それにしても、かっこいい人だったな。装束姿が似合ってたし、泣きぼくろが色っぽくて。でも、口は悪かったか。初対面の私に、あんなにきつい言い方するなんてさ。あやかしに詳しい大人なんて、普通はいないって。むしろ、祓い屋なんてやってる秋斗さんのほうが特別なんだよ。

私は秋斗さんの文句をつぶやきながら、早足で歩き出した。


午後九時を過ぎると、通りに人の姿が少なくなった。いくつかの店の灯りが消え、空気も、より冷たくなった気がする。

「風太くん、どこにいるんだろう？」

私は地蔵坂で足を止めた。

「もう、小鈴ちゃんから教えてもらった場所は全部回ったのに……」

視線を動かすと、暗い坂道を登っていく黒い毛玉のようなあやかしが数匹見えた。あやかしは体長十五センチぐらいで、細い脚をカシャカシャと動かしている。

――また、別の種類のあやかしか。今までは私に見えなかっただけで、そこら中にいたのかもしれない。

「と、やばい」

私は慌ててあやかしから視線をそらす。

――とりあえず、あやかしは見えてないふりをしたほうがよさそう。

「おいっ、由那先生」

突然、聞き覚えのある声が下から聞こえてきた。

足元を見ると、ハニポンが私を見上げている。

「あ、ハニポン。どうしたの？」

「風太がいる場所を教えにきた」

「えっ？　どこにいるかわかるの？」

「俺も風太を捜してたからな」

ハニポンは触手のような手でぽんと胸を叩《たた》く。

「由那先生の手伝いをしたら、神楽坂饅頭《かぐらざかまんじゅう》をもらえるって、比佐子が言ってたのだ」

「う、うん。そんな約束してないけど、風太くんがいる場所を教えてくれるのなら、神楽《かぐら》坂饅頭《ざかまんじゅう》買ってあげるよ」

「二ついいか？」

「二つでも三つでもいいよ。で、風太くんはどこにいるの？」

「風太は若宮《わかみや》公園にいるぞ」

「若宮公園って、東京理科《とうきょうりか》大学の近くの公園？」

「よくわからないが、そうだ」

ハニポンが首を縦に動かす。

「ひょろ長いあやかしといっしょにいたぞ」

「ひょろ長い？」

「白いお面をかぶってて、黒い着物を着てる奴だ」

「………待って！　それ………邪骨じゃないの？」

「そうかもしれない」

「………わかった。ハニポンは学校に戻ってて！」

私は若宮公園に向かって走り出した。


石垣の側面にある階段を駆け上がると、大きな石のテーブルが見えた。

その前に、風太くんと黒い着物を着たあやかしが立っていた。

そのあやかしは、身長が二メートル以上あり、能面のような白い仮面をつけていた。髪の毛は長くぼさぼさで、着物の袖《そで》から出ている手は白い骨だった。

あやかしは骨の手で風太くんの頭を撫《な》でている。

ひょろりとした体から染み出してくるような悪意を感じて、私の腕に鳥肌が立つ。

――こいつが邪骨だ。間違いない！

私は風太くんに駆け寄った。

「風太くん。そいつから離れて！」

「お、お前………」

風太くんが驚いた顔をして、私を見つめる。

「どうして、俺の姿が見えるんだ？　人間に見えないようにしてたのに」

「そんなこと、どうでもいいから、私といっしょに帰るよ」

「帰るって、どこにだよ？」

「学校でも私の家でもいいから！」

「それは困るな」

地の底から響くような声で、邪骨が言った。

「風太は私といっしょにいると約束してくれたのだ。人間が出る幕はない」

「………あなた、邪骨だよね？」

「ほう。私の名前を知っているのか」

邪骨がかくりと首を傾けた。

「知ってるよ。人間を殺したんだよね？」

「それは違うな。自殺させただけだ」

「自殺させた？」

「そうだ。友人との関係に悩んでいた女をな。私の言葉は、人間の心を壊すことができる」

「何で、そんなことするの？」

「人間が破滅する姿を見るのが愉しいからだ」

仮面の裏から、不気味な笑い声が聞こえてきた。

「私はそうやって、何百年も生きてきた。そして、これからも人間の心を壊し続けるだろう。風太といっしょにな」

邪骨は骨の手を風太くんの肩に乗せる。

風太くんの体がぴくりと反応した。

「私が風太を指導してやろう。風太もそれを望んでいるようだしな」

「バカなこと言わないで！」

私は風太くんの手首を掴《つか》み、邪骨から引き離した。

「風太くんは座敷童子なんだよ。座敷童子は、人間を幸せにするあやかしでしょ」

「風太は人間を不幸にしたらしいぞ」

「それは、人間のことを知らなかったからだよ。これからは、私が教えるから」

「教える？」

「ええ。私は風太くんが通う学校の先生だから！」

私は膝を曲げて、風太くんと視線を合わせる。

「風太くん。授業を受けよう。私が人間のことを、ちゃんと教えるから」

「…………授業なんか受けても意味ないよ」

風太くんが握り締めたこぶしを震わせた。

「また、俺は人間を不幸にするんだ」

「そんなのわからないよ。ちゃんと人間のことを勉強したら、座敷童子の能力も強くなるのかもしれない」

私は、風太くんの肩を強く掴《つか》んだ。

「私はあやかしのことを何も知らない。だから、保証はできないよ。でも、その可能性があるのなら、試してみてもいいでしょ？」

「学校に通って、お前の授業を受けろってことか？」

「うん」と私はうなずく。

「風太くん、正直に答えて」

「………何をだよ？」

「風太くんは人間と仲良くしたいの？　それとも敵対したいの？」

「それは………」

風太くんが口ごもる。

「人間の女よ」

邪骨が私に声をかけた。

「風太をたぶらかすのは止めろ」

「たぶらかしてるのは、あなたでしょ！」

「そうか？　あやかしとは、本来、人間に害をなす存在。人間と仲良くしようなど、考えることが間違っている」

邪骨はゆらゆらと上半身を揺らして、私に近づく。

「人間の女よ。お前がこのまま消えるのなら、見逃してやろう。だが、私の邪魔をするのなら、容赦はしない」

「私も自殺させるって言いたいの？」

「それでもいいし、直接、殺すのも悪くない。お前は、私の姿が見えているのだからな」

冷たい夜の空気が、さらに冷える。

「さあ、どうする？」

「風太くんを連れて帰るに決まってるでしょ！」

間髪を容れず、私は答えた。

「ここで生徒を見捨てる先生なんていないから！」

「………ほう。面白い選択をするな」

仮面の奥の目が不気味に輝く。

「それなら、望み通りにしてやろう」

「まっ、待ってくれ！」

突然、風太くんが私の前に立った。

その行動に、邪骨の動きが止まった。

「どうした？　風太」

「………俺、こいつといっしょに帰るよ」

「帰る？」

予想外の言葉だったのか、邪骨が首をかしげた。

「どういうことだ？　私といっしょにいると言ったはずだ」

「き、気が変わったんだよ」

風太くんの頬《ほお》がぴくぴくと動く。

「わざわざ、俺を捜しにきてくれたし、人間のことを勉強をしてもいいかなって」

「勉強？」

「う、うん。それに、学校には仲良くしてるあやかしもいるから」

「…………そうか。それがお前の選択なのだな？」

邪骨の問いかけに、風太くんはこくりとうなずいた。

その瞬間、邪骨は骨だけの右手を振り上げた。そして、その手を風太くんめがけて振り下ろす。

「危ないっ！」

私は風太くんを両手で強く押した。風太くんの体が地面に転がると同時に、左腕に痛みを感じた。

左腕を見ると、スーツが破けていて、赤い血が滲んでいる。

「…………どういうつもり？」

私は邪骨を睨《にら》みつけた。

「何で、風太くんを狙ったの？」

「間違った選択をしたからだ」

邪骨は暗い声で答えた。

「風太には、ここで死んでもらう。もう、私には必要ないからな」

「あやかし同士なのに争うの？」

「面白いことを言う。人間同士でも争っているではないか」

邪骨の笑い声が響く。

「よく考えれば、あやかしも人間も同じだな。そんな人間が私のことを批判していたかと思うと笑いが止まらぬ」

「風太くん、逃げて！」

私は細い邪骨の腰に抱きついた。

「お前から死にたいようだな」

頭上から、邪骨の声が聞こえてくる。

「ならば、先に死ね」

「くっ………」

私は強く目をつぶった。

——こんなかたちで人生終わっちゃうのか。まさか、あやかしに殺されるなんて、昨日までは想像できなかったよ。こんなことなら、今年のお正月に実家に帰っておけばよかった。父さんと母さん、悲しむだろうな。

自分の死を覚悟した私だったが、邪骨の攻撃はなかった。

そっと目を開けると、振り上げた邪骨の右手に白い鎖が絡みついていた。

私はぽかんと口を開けて、ぴんと伸びた白い鎖を視線で追った。

そこには、装束姿の秋斗さんが立っていた。

秋斗さんは唇の右端を僅《わず》かに吊り上げて、ゆっくりと邪骨に近づく。

「やっと、見つけたぞ。邪骨」

「お前は………誰だ？」

「祓い屋だよ」

秋斗さんは紙製の鎖をぐっと引っ張る。邪骨の体が引っ張られて、秋斗さんに近づいた。

「あんたを退治してくれと依頼を受けててね」

秋斗さんは持っていた白い鎖を離す。鎖はヘビのように邪骨の体に絡みついた。

「その鎖はお前の霊力を奪っていく。もう逃げられんぞ」

「誰が逃げるか」

邪骨は滑るように地面を動き、秋斗さんに向かって骨の手を振り下ろした。

秋斗さんは素早く胸元から白い紙を取り出す。その紙が一瞬で広がり白い壁になった。邪骨の手がその壁に当たり、尖《とが》った爪が折れた。

「ぐうっ………」

邪骨がよろめきながら、後ずさりする。

宙に浮かんでいた白い壁が小さな紙に戻り、秋斗さんの右手に収まった。そして、今度はその紙が日本刀の形に変化する。

白く輝く刃を見て、邪骨が悲鳴のような声を出した。逃げ出そうとするが、体に絡まった白い鎖のせいか、その動きは鈍い。

「さて、覚悟はできたか」

ゆっくりと、秋斗さんが邪骨に歩み寄る。

「まっ、待て」

「待てないな」

秋斗さんは針のように目を細くして、紙でできた日本刀の刃先を邪骨に向ける。

「お前は人間に危害を加えた。当然、自分が同じ目に遭うことは覚悟できてるんだろ？」

「それは………」

「安心しろ。祓うといっても、封印するだけだ」

「ふ………封印？」

「ああ。こいつに入れてな」

秋斗さんは徳利ぐらいの大きさの壺を取り出し、地面に置いた。

「霊山の土で焼いた特別製の壺だ。四畳半の部屋より狭いし、薄暗い場所だが、そこは我慢してくれ」

「ひ、ひっ………」

邪骨の体が震え出した。

「い、嫌だ」

「ワガママを言うなよ。お前は何百年も好き勝手に生きてきたんだろ？　後の人生を壺の中で過ごすのも悪くないと思うがね」

「嫌だ嫌だ嫌だ嫌だ嫌だ！」

突然、邪骨の体が膨れ上がった。白い鎖が弾け、仮面にひびが入る。

「ぎぃいいいいいいっ！」

邪骨は甲高い叫び声をあげながら、秋斗さんに襲い掛かった。仮面の口の部分が裂けるように開き、秋斗さんの首筋を噛もうとする。

「甘いなっ！」

秋斗さんは左足を一歩下げ、紙製の日本刀を斜め下から振り上げる。シュッと音がして、刃先が邪骨の体に触れた。

「があっ………」

邪骨の体から黒い霧のようなものが噴き出した。その霧が地面に落ちていた壺に吸い込まれていく。

「あ……ああ……あ……」

邪骨の体がどんどん薄くなり、やがて消えた。

秋斗さんは壺を拾い上げ、白い紙で封をする。

「これで、依頼は完了……と。大丈夫か？」

「う、うん」

私は腕を押さえて、秋斗さんに近づいた。

「もう、血は止まってるから」

「毒を持つあやかしじゃないが、ちゃんと消毒はしておけよ」

「わかってるよ。養護教諭なんだから」

私は頬《ほお》を膨らませた。

「まあ、お前のおかげで助かったよ」

「助かった？」

「邪骨のいる場所を教えてくれたからな」

「えっ？　どういうこと？」

「これだよ」

秋斗さんは私の肩を指差した。

よく見ると、私の肩の部分に白いテントウムシがくっついていた。そのテントウムシが
ふわりと飛び立ち、秋斗さんの人差し指の先端に止まった。

テントウムシは一瞬で三センチ四方の紙に変化した。

「あっ？　もしかして、あの時………」

私は神社の前で、秋斗さんが私の肩に触れたことを思い出す。

「こいつに、お前を監視させてたんだ」

「監視？」

「ああ。お前が邪骨と出会う可能性は高かったからな」

「もしかして、気にしてくれてたの？」

「ついでだよ。邪骨を退治することが俺の目的だったからな」

「ついでって………」

「まあ、助けてやったんだからいいだろ」

秋斗さんはにんまりと笑った。

風太くんが私に駆け寄ってくる。

「お前、ケガしたのか？」

「うん。でも、たいした傷じゃないし」

私はケガをした腕をぐっと曲げる。

「風太くんは平気？　さっき、強く押しちゃったけど」

「俺は……………大丈夫だよ」

「そっか。よかった」

私は風太くんの頭を撫《な》でる。

風太くんはぎゅっと両手を握り締めて、私を見つめる。

「…………どうして俺を助けたんだ？」

「えっ？　それは当たり前だよ。私は先生なんだから」

「でも、俺は授業から逃げ出して…………」

「今は、人間の勉強をしてみたくなったんでしょ？」

「あ………う、うん」

風太くんはこくりとうなずいた。

「それなら、風太くんは私の生徒だから」

「生徒…………」

「別に生徒じゃなくても、子供が危険な状況なら、誰だって助けるよ」

「俺が、あやかしでもか？」

「あ、そっか。風太くんはあやかしだったんだね。すっかり、忘れてたよ」

「忘れてた？」

風太くんは目を丸くする。

「うん。だって、風太くん、小学生の男の子にしか見えないし」

「…………お前、変わってるな」

「そう。自分では普通だと思ってるけど」

「普通じゃないだろ」

秋斗さんが、私に突っ込みを入れた。

「普通の人間は、あやかしの学校の先生なんかやらないからな」

「だからぁ、それは無理矢理やらされてるんだって！」

「そんな風には見えないがな。さっきも命がけで、座敷童子を守ってたし」

秋斗さんは、ちらりと風太くんを見る。

「お前………道を誤るなよ」

「道って何だよ？」

風太くんが秋斗さんに質問した。

「邪骨のような生き方をするなってことさ」

秋斗さんは小さな壺を風太くんに近づける。

「邪骨はこの壺に封印されたまま、神社の地下で永遠に過ごすことになる。二度と、神楽《かぐら》坂《ざか》を歩くことはできないだろうな」

「お、俺も封印する気なのか？」

「お前が邪骨と同じように人間に危害を加えていたら、そうしただろう」

秋斗さんの目がすっと細くなった。

「あやかしを封印しても、消滅させても罪にはならないしな」

その言葉に、風太くんの顔が青ざめる。

「ちょ、ちょっと！」

私は秋斗さんと風太くんの間に割って入った。

「風太くんを怖がらせないでよ。こういうのでトラウマになることもあるんだから」

「少しぐらい怖がらせたほうがいい。そうすれば、人間に悪さしようと思わなくなるだろ？」

「そんなことしなくても、もう、風太くんは大丈夫だよ。それに、私が人間と仲良く暮らせるルールを教えるから」

「………その言葉に責任を持てよ」

秋斗さんは私の頭をぽんと叩《たた》くと、くるりと背を向けた。

「あ、助けてくれてありがとう」

私の言葉に秋斗さんは反応することなく、若宮公園から去っていった。

――冷たい言い方だったけど、いい人………なのかな？　秋斗さんがいなかったら、私、死んでたかもしれないし。

「言葉に責任を持てよ………か」

――勢いで、人間と仲良く暮らせるルールを教えるなんて言っちゃったからなぁ。でも、そう思ったのも事実だし。

「………こうなったら、やるしかないか」

「何をやるんだ？」

「あなたたちの先生に決まってるでしょ」

私は風太くんの頭を優しく撫《な》でた。

翌日、私は大きなトートバッグを抱えて、神楽坂《かぐらざか》0丁目にある学校に向かった。

校門を抜けると、古い校舎の前に理事長が立っていた。

「おはよう。昨日はお疲れ様。風太から話を聞いたわ。大変だったのね」

「はい。秋斗さんのおかげで助かりました。理事長の知り合いなんですよね？」

「ええ。数少ない人間の知り合いね」

「それなら、秋斗さんに先生を頼めばいいのに。あやかしのことに詳しいし」

「そうもいかないでしょ。あやかしを祓う仕事をしてるんだし」

そう言いながら、理事長は私が持っていたトートバッグに視線を向ける。

「あら？　そのバッグは何？」

「小学生用の教科書と私が作ったプリントです」

「プリント？」

私はトートバッグからホッチキスで留めた数枚のプリントを取り出した。

理事長が一ページ目に印刷されたタイトルを読む。

『にんげんとなかよくなるために』

「へーっ、こんなの作ったのね」

「とりあえず、人間の社会の基本的なルールを羅列しただけですけどね。あやかし用の教科書なんてないから、自作でやるしかないんですよ」

私は眠気を振り払うように、首を左右に振った。

「ノートパソコンでデーター作って、プリントアウトはコンビニのマルチコピー機でやったんです。結局、朝までかかっちゃって」

「じゃあ、寝てないの？」

「はい。久しぶりの徹夜ですよ」

私は大きくあくびをする。

「あ、そうだ。理事長、授業の後、時間あります？」

「ん？　どうしたの？」

「あやかしの勉強をしたいんです。教えてもらえませんか？」

「…………それはいいけど、えらくやる気になったのね」

「秋斗さんの前で宣言しちゃいましたからね。風太くんを、ちゃんと教育するって。そのためには、あやかしのことも知っておかないと」

「…………ふふっ」

理事長が笑い声を漏らす。

「私、変なこと言いました？」

「ううん。よかったって思っただけ」

「よかった？」

「あなたがうちの学校の先生になってくれてね」

そう言って、理事長は目を細めた。


教室の扉を開けると、小鈴ちゃんとハニポンが並んで席に座っていた。ハニポンはイスの上にお菓子の箱を置いて、高さを調整している。

私の姿を見て、小鈴ちゃんが瞳《め》を輝かせた。

「お………おはようございます」

「おはよう。小鈴ちゃん。それとハニポン」

「おはようなのだ！」

ハニポンが元気よく返事をした。

「由那先生、これを見ろ！」

ハニポンは机の上に置いていたチラシを持ち上げた。チラシの裏には『あいうえこ』とエンピツで書かれてあった。

「俺が書いたんだぞ。すごいだろ」

「うん。最後が『こ』になってるけど、上手に書けてるね」

私はチラシに顔を近づける。

「ハニポンは勉強熱心だから、すぐに、ひらがなを覚えられるよ」

ハニポンの頭を撫《な》でながら、教室の中を見回す。

――風太くんは…………来てないか。昨日、仲良くなれたと思ったけど、そう上手くはいかないってことか。

「おはよう」

突然、背後から声が聞こえた。

振り返ると、風太くんが立っていた。

「風太くんっ！　来てくれたんだ」

「昨日、人間のことを勉強するって言っただろ」

風太くんは頬《ほお》を膨らませて、小鈴ちゃんの隣の席に座った。

「早く授業始めろよ。由那先生」

「先生って呼んでくれるの？」

「…………こっちは教わる立場だからな」

恥ずかしそうに、風太くんは視線をそらした。

教壇の上に立って、私は結んでいた唇を開いた。

「じゃあ、出席を取ります。小鈴ちゃん」

「はい」

小鈴ちゃんが元気よく返事をした。

「じゃあ、ハニポン」

「ここにいるぞ！」

ハニポンがうねうねと手を動かす。

「風太くん」

「さっき話したから、いるのはわかってるだろ？」

風太くんが呆《あき》れた顔で私を見る。

「何の意味があるんだよ？」

「まあ、これは儀式みたいなものだから」

私はぎこちなく笑いながら、自分の生徒たちを見回す。

——まさか、養護教諭の私が、あやかし相手に授業をするとは思わなかったな。当分は保健の先生の仕事より、こっちがメインになりそうだし。でも…………。

真剣な表情で私を見ているあやかしたちを見て、身が引き締まる。

――小鈴ちゃん、ハニポン、颪太くん。あやかしだけど、私の初めての生徒たちだ。人間と共存できるあやかしになれるように導いてあげないと！

教卓の上に両手をついて、私は結んでいた唇を開く。

「それでは、授業を始めます！」

二話

四月上旬、私は神楽坂《かぐらざか》0丁目にある白川学校の保健室で、備品のチェックをしていた。

「えーと……絆創膏と消毒液と包帯……水枕……タオルにティッシュに体温計、血圧計と……」

「由那先生、この平べったい機械は何だ？」

足元にいたハニワのあやかしのハニポンがヘルスメーターを指差した。

「ヘルスメーターだよ。これで体重や体脂肪を測るの」

私はハニポンの体をヘルスメーターの上に乗せた。

「えーと……ハニポンの体重は七キロだね。体脂肪は……あ、エラーが出てる。まあ、これはしょうがないか」

液晶画面に表示された『Ｅｒｒ』の文字を見て苦笑する。

——あやかしに脂肪があるかどうかもわからないし、仮に数値が出ても、それが悪いのかどうかもわからない。

「まずは、普段の数値を知っておくことが重要か。ハニポン、腕を出して」

ハニポンが触手のような手を出す。私は新品の血圧計をハニポンの腕に巻いた。

「…………あーっ、ダメだ。こっちもエラーが出る」

「俺が悪いのか?」

「ううん。人間用だから、あやかしには使えないんだと思う。というか、ハニポンって、血が流れてるの?」

「血って何だ?」

「動物の血管を流れる体液かな。それがないと動物は死んじゃうんだよ」

「そうか。由那先生は物知りだな」

「保健の先生だしね」

私は保健室を見回す。白いベッドが二つに机が一つ、まだ、空っぽの棚が壁際に二つ並んでいた。

――理事長から、備品を揃《そろ》えるためのお金をもらったけど、ちょっと失敗しちゃったな。あやかしには必要のない物まで買っちゃったかも。

「まあ、ハニポンも体調が悪い時は、いつでも私に言ってね」

「体調の意味がわからないが、よくわかった」

ハニポンは真剣な表情でうなずく。

「それじゃあ、教室に行こうか。そろそろ、風太くんと小鈴ちゃんも来てるだろうし」

私とハニポンは、二階にある教室に向かった。


教室の扉を開けると、小鈴ちゃんが私のところに駆け寄ってきた。

「由那先生、おはようございます」

小鈴ちゃんが黒いしっぽをぱたぱたと動かして、私に挨拶する。

「おはよう、小鈴ちゃん。風太くんもおはよう」

「…………おはよう」

座敷童子の風太くんはイスに座ったまま、少し恥ずかしそうに返事をする。

「じゃあ、今日も文字の勉強から始めるね。その後で、道徳の授業をやるから」

そう言いながら、私は教壇に移動する。

「じゃあ、出席を取ろうか」

「もう、それいいって！」

風太くんが頬《ほお》杖をついて、文句を言った。

「俺たち三匹しかいないんだから、目で確認しろよ。みんな姿を消してないし、消してても、比佐子からもらった指輪で見えるんだろ？」

「まあまあ。これやったほうが気合が入るんだよね」

私は笑いながら、出席を取った。

その時、扉が開いて、理事長が教室に入ってきた。

「あ、おはようございます。理事長」

「おはよう。由那先生」

理事長は上品な笑みを浮かべながら、私に歩み寄る。

「今日はいい話を伝えにきたの」

「いい話って、何ですか？」

「このクラスに転校生が来るの」

「転校生？　それって、あやかしですか？」

「もちろん」

理事長は当然のように答える。

「さあ、入ってきて」

開いていた扉から、黒のブレザーを着た少女が姿を見せた。年は十五歳ぐらいで、ストレートの髪は胸元まで伸びている。目鼻立ちが整っていて、肌は透き通るように白い。

——綺麗な女の子だな。スタイルもいいし、目もぱっちりしててアイドルみたい。この子があやかしなの？

「ほら、自己紹介して」

理事長がそう言うと、女の子は淡い桜色の唇を開いた。

「…………雪女の雪音《ゆきね》だよ」

「雪女っ？ 雪女って、あの小説とか漫画に出てくる？」

「その程度の知識か」

女の子…………雪音さんが肩をすくめる。

「比佐子からあなたの話は聞いた。あやかしのことは何も知らないんでしょ？」

「す、少しは勉強したんだよ。子供向けの妖怪辞典を読んでるし」

「子供向けって…………」

「最初はそのほうがいいと思って」

私は慌てて言い訳をする。

「でも、子供向けの本でも、基本的な知識は学べるから」

「そんなんで、私たちの先生が務まるの？」

「ま、まあ。人間のことなら、ちゃんとわかってるから。もし、雪音さんが人間のことを学びたいのなら、いろいろ教えることができると思うよ」

「あいにくだけど、私、人間のことなら、一通りわかってるから」

「そうなんだ？」

「まあね。この姿も完璧でしょ？」

雪音さんは長い髪をかきあげながら、自慢げに胸を張る。

「誰が見ても人間に見えるはずだし、そこの三匹とは違うから」

そう言って、雪音さんは風太くんたちをちらりと見る。

「そこの座敷童子は人間の姿だけど、今風じゃないのよね。化け猫のほうは耳としっぽが生えてるから論外だし」

「俺が人間に見えないっていうのか？」

ハニポンが雪音さんに文句を言った。

——いや。ハニポンが人間に見えないのは当たり前だし。外見、ハニワなんだから。

思わず、心の中で突っ込みを入れる。

「外見だけ人間の真似《まね》しても、すぐにバレちゃうあやかしが多いけどね。会話や仕草でわかっちゃうから」

「なんだよ、お前」

風太くんがぷっと頬《ほお》を膨らませて、イスから立ち上がる。

「自分のほうが人間に詳しいって言いたいのか？」

「事実だからね」

雪音さんが風太くんの額《ひたい》を人差し指で軽く突く。

「ねぇ、あなた、名前は？」

「俺は風太だよ」

「この先生に人間のこと教えてもらってるんだよね？」

「あ、ああ。でも、俺は人間の家に住んでたから、もともと人間のことはよく知ってるんだよ」

「じゃあ、風太くんに質問。『ワイファイ』って何でしょう？」

「わ、わいふぁい？」

「そう。人間の家に住んでたのなら、わかるよね？」

「え、えーと……」

風太くんの頬《ほお》がぴくぴくと動く。

「な、何かの機械のことだろ？」

「残念。無線でインターネットに接続する方法のことだよ」

「インターネット？」

「えっ？　インターネットも知らないの？」

「…………ぐっ」

風太くんの顔が真っ赤になる。

「まあ、別に恥ずかしいことじゃないから。私が人間界のことに詳しいだけでさ」

そう言って、雪音さんはブレザーのポケットからスマートフォンを取り出す。

「えっ？　スマホ持ってるの？」

私の質問に、雪音さんはにんまりと笑う。

「普通は契約できないけど、いろいろ裏技があってね」

「へーっ、あやかしがスマホを使うんだ」

「便利な機械だし、これがないと友達とのコミュニケーションも取りにくいからさ。私にとっては、絶対に必要なアイテムってところかな」

「んっ？　友達のあやかしもスマホ持ってるの？」

「人間の友達だよ。まだ、ネット上のつき合いだけで、実際に会ったことはないけど」

雪音さんはスマートフォンを操作して、メガネをかけた女の子の写真を私に見せた。

「この子が友達の良恵《よしえ》。チャットで知り合ったんだ。あ、良恵は私のこと、人間と思ってるから。私の写真見せたら、すっごく可愛いって褒《ほ》めてくれたんだよ」

「たしかに、雪音さんは女子高生に見えるね。アイブロウも使ってるし」

「やっぱり、わかる？」

雪音さんの顔がぱっと明るくなる。

「人間に化けるのなら、メイクもしっかりやっておかないとね」

「ってことは、雪音さんは人間と共存したいって思ってるんだね？」

「もちろん。だから、この学校に来たんだし」

雪音さんは私の顔をじっと見つめる。

「でも、あなたから学ぶことはあまりなさそう。メイクもいまいちだし、女の色気も感じないし」

「は、ははっ………」

――この子、悪いあやかしじゃなさそうだけど、ちょっと口が悪いな。まあ、そのへんも含めて、人間っぽい感じはする。

「雪音さん」

理事長が雪音さんに声をかけた。

「あなたは人間のことを何でも知ってるみたいに思ってるようだけど、あなたの知識もまだまだだよ」

「はぁ？　変なこと言うのね」

雪音さんが細い眉を吊り上げた。

「私の知識は完璧だから」

「じゃあ、今度は私が質問するわ。『平成』って何？」

「へ、へいせい？」

「そう。平和の平に成功の成で平成。日本人なら、小学生でも知ってるでしょうね」

「そ、それは………」

雪音さんの顔が強張《こわば》った。

「………あっ、あれよ。スマホのメーカーじゃなかったっけ？」

「違うわ。日本の年号よ」

「ね、年号？」

「それも知らないみたいね。じゃあ、次の質問。『7×8』は？」

「な、なかけ？」

「簡単なかけ算よ。小学二年生で習うものね」

「………えーと、ちょっと待って」

雪音さんは両手の指を動かす。

「わ、わかった。ご、五十四ね」

「五十六よ」

　理事長はふっと息を吐いて、首を左右に振る。

「あなたの知識は偏ってるの。だから、長く話してれば違和感が出る。人間じゃないこともわかるでしょうね」

「なんだ」

　風太くんが呆《あき》れた顔で雪音さんを見る。

「九九もわからないのかよ。俺は分数のかけ算もできるぞ」

　今度は雪音さんの顔が赤くなった。

「別に算数なんてわかんなくても、日常会話には困らないから」

「平成も知らなかっただろ？　俺はちゃんと知ってたからな」

「あ…………う…………」

　雪音さんは反論できずに、口をぱくぱくと動かす。

　理事長がぽんと胸元で両手を合わせた。

「雪音さんも、まだまだ勉強が足りないってことで、由那先生にしっかりと教えてもらいなさい」

「………………わかったよ」

雪音さんは頬《ほお》を膨らませて、ハニポンの隣の席に座った。

「それじゃあ、頑張ってね。由那先生」

理事長は私の肩を叩《たた》いて、教室から出て行った。

「えーと、それじゃあ、風太くんは英語の勉強しようか。小鈴ちゃんは漢字で、ハニポンはひらがなね。で、雪音さんは九九からやろうか」

私は黒板に九九の一覧表を書いた。

「これを全部覚えてね」

「えーっ、多いなぁー」

雪音さんが不満げな顔で頬《ほお》杖をつく。

「こんなに覚えないといけないの？」

「雪音さんの外見は高校生に見えるからね。九九は覚えておいたほうがいいよ。それに、かけ算は役に立つし」

「………………めんどくさいなぁ」

雪音さんはスマートフォンのカメラで九九の一覧表を撮った。

「こらこら。授業中にスマホは禁止だよ」

「えーっ！　じゃあ、どうやって覚えるの？」

「ノートあげるから、それに書き写してね。自分で書いたほうが覚えやすいから」

「そうなの？」

「うん。あとは声に出して読むこと。雪音さんなら、すぐに覚えられるよ。スマホもちゃんと使いこなしてるみたいだし」

「……………まあ、覚えるけどさー」

雪音さんは、ぶつぶつと文句を言いながら、私があげたノートに九九を書き始めた。

「ねぇ……………由那先生」

「ん？　何？」

「さっき、比佐子が言ってたじゃん。私の知識は偏ってて、長く話してたら、人間じゃないってわかるって。それって本当？」

「……………その可能性はあると思うよ」

少し悩んで、私は答えた。

「雪音さんの外見は人間そっくりだよ。でも、ちょっとした会話から、ばれるかもしれない。まあ、普通の人間は、相手があやかしなんて思わないはずだけど」

「そっか……」

「やっぱり、あやかしってばれるのはイヤなの？」

「当たり前だよ。私は人間の世界で暮らしていくつもりなんだから」

雪音さんはきっぱりと答えた。

「私は長野県の山の中で育ったの。最初は人間のことなんて、何も知らなかったけど、昔、東京に住んでた雪女から、人間の世界のことを聞いたの。ファッションのことや、美味しい食べ物のこと。いろんな娯楽のこと」

「あやかしの世界では、そんなのないの？」

「少しはあるよ。でも、ほとんどが人間の真似《まね》事。だから、野暮ったいし、毎日の暮らしは退屈だった」

「それで、東京に来たんだ？」

「そう。雪女って、人間の世界に憧れる子が多いんだ。人間と家庭を持った雪女もいっぱいいる」

「あ、そう言えば、そんな昔話を聞いたことがあるよ。最後は、雪女が約束を破った夫を赦すんだよね」

「子供がいたからね」

「あれ、実話だったの？」

私の質問に、雪音さんは首を左右に振る。

「それはわからない。でも、似たような話は仲間から聞いたことがある」

「……………そっか。あれが実話って言っても、誰も信じないだろうなあ」

私は目の前にいる雪音さんをじっと見つめる。

――雪音さんは生徒になるんだし、雪女のことをいろいろ聞いておこう。

「ねぇ、雪女って、どんな能力があるの？」

「そうね。このぐらいのことはできるかな」

そう言って、雪音さんは人差し指を私の手に向けた。一瞬で私の左手が冷えた。

「わ、わわっ！」

「そんなに慌てなくてもいいって。ちゃんと調整してるから」

「ちょ、調整って、もっと冷たくできるの？」

私は冷えた左手を右手で押さえながら、雪音さんに尋ねる。

「本気を出せば、動物を凍らせることもできるよ。もちろん、人間もね」

「……………」

「おい、雪音」

風太くんが雪音さんを睨《にら》みつけた。

「由那先生を怖がらせるなよ」

「軽い冗談だって」

ぱたぱたと手を振りながら、雪音は意味深に笑う。

「あれ？　もしかして、風太は由那先生のことが好きなんじゃないの？」

「ばっ、バカなこと言うなよ！」

風太くんの顔が熟れたトマトのように真っ赤になる。

「じゃあ、そこの化け猫ちゃんが好きなの？」

「………？　私？」

ぽかんとした顔で、小鈴ちゃんが風太くんを見る。

「ち、違う！」

風太くんはイスから立ち上がって、こぶしを強く握る。

「由那先生は人間だし、小鈴は妹みたいなもんだよ」

「なーんだ。面白くない」

雪音さんの視線が私に戻る。

「由那先生は恋人いるの？」

「えっ？　恋人？」

「そう。人間の大人なんだから、恋人がいるのが普通でしょ？」

「…………それ、間違った知識だから」

私はため息をついて、頭をかく。

「今はひとりで暮らしている人も、それなりにいるよ。いろんな生き方を許容する世界になってるからね」

「ふーん。昔とは違うんだね」

「というか、スマホがあるんなら、ネットでいろいろ調べればいいのに」

「ファッション系のサイトはよく見てるんだけど」

雪音さんはぺろりと舌を出した。

「じゃあ、おしゃべりはこれで終わり。今は授業中だからね」

私はパンパンと両手を叩《たた》いた。

――やっぱり、雪音さんの知識は偏ってるな。まずは一般常識を教えたほうがいいのかもしれない。とりあえず、雪音さん用のプリントを作っておくか。

――それにしても恋人か。看護師のバイトしてた時も、いい出会いなかったしなぁ。

ふっと、秋斗さんの顔が脳裏に浮かんだ。

――いやいや。秋斗さんはないな。たしかに外見はかっこいいけど、あんな人を恋人にしたら、振り回されて………って、あっちも私なんて、眼中にないだろうな。絶対にモテるだろうし。

私は苦笑しながら、ふっと息を吐いた。


翌日の朝、保健室の掃除をしていると、扉が開いて雪音さんが入ってきた。

「あっ、おはよう。早いね。まだ、授業まで三十分以上あるよ」

「………由那先生にお願いがあるの」

雪音さんは、ぐっと私に顔を近づける。

「明日の日曜日、つき合ってくれない？」

「つき合うって、何かあるの？」

「良恵と会うことになったの」

「良恵って、雪音さんの友達の？」

「………うん」

雪音さんは低い声を出す。

「実は良恵も東京に住んでてさ。昨日、ＬＩＮＥで盛り上がって、思わず会う約束をしちゃったの」

「会えばいいんじゃ………」

「不安なの」

「不安って何が？」

「私があやかしってばれることがだよ！」

雪音さんはベッドに腰をかけて、ため息をついた。

「私さ、昨日までは自信あったんだよね。完璧に人間のふりができてるって。でも、違ったでしょ？」

「あっ、う、うん。まあ、義務教育を受けてないし、しょうがないと思うよ」

「それじゃあ、困るの。もし、良恵にバレたら終わりじゃん。だから、私のお姉さんになって欲しいの」

「えっ？　お姉さん？」

私の声が一オクターブ高くなった。

「そう。妹の私が田舎から東京にやってきたってことにしてさ。私が変なこと言っても、上手くフォローしてよ。不思議系とか言ってさ」

「フォローって言われても………」

「お願いっ！」

胸元で両手を合わせて、雪音さんは深く頭を下げた。

「良恵に嫌われたくないの。明日だけでいいから」

「明日だけ？」

「うん。次に良恵と会う時までには、ちゃんと人間のことを勉強しておくから。由那先生が教えてくれるでしょ？」

「…………そりゃあ、教えるつもりだけど」

「だから、明日だけ！　明日だけお願い！」

雪音さんは立ち上がって、私の手をぎゅっと握る。

「わっ、冷たいって！」

「お願い、お願い、お願い！　来週までに九九暗記するから！」

「わかった。わかったから、手を放して」

「明日、つき合ってくれるんだね？」

「つき合うよ。でも、ばれても文句言わないでね」

「ありがとーっ！　やっぱり、由那先生は頼りになるね」

雪音さんが私に抱きついてきた。

――明日は、家でまったりしようと思ってたのにな。まあ、雪音さんがあやかしってばれてトラブルになるのもまずいし、サポートするしかないか。

ずっしりと肩が重くなった気がした。


日曜日の朝、私は雪音さんといっしょに複合施設のサクラテラスに向かった。円形のベンチの前で、私は口を開く。

「で、ここが待ち合わせ場所なの？」

「うん。十時に待ち合わせだから、もうすぐ来ると思うよ」

雪音さんが緊張した様子で答えた。雪音さんは白のシャツにデニム製のジャケットを羽織っていて、短めの黒のスカートを穿《は》いていた。ファッションにこだわっているだけあって、なかなか似合ってる。顔立ちも綺麗だから、モデルっぽく見えた。

――それに比べて、私は普通か。一年前に買ったクリーム色のカーディガンに紺のカジュアルパンツで、いまいち垢抜けてないというか……。

「…………と、そうだ。良恵さんには、私のこと伝えてあるの？」

「心配性のお姉さんがついて来るって、メッセしといたよ」

「は…………ははっ」

乾いた笑い声が口から漏れる。

――しょうがないか。今日はできる限りサポートしてあげよう。

「あのぉ…………」

突然、背後から声が聞こえてきた。

振り返ると、ぶかぶかのパーカを着た少女が立っていた。少女はメガネをかけていて、髪をおさげにしている。

「あ、良恵だよね？」

隣にいた雪音さんが少女…………良恵さんに駆け寄った。

「私、わかる？　雪音だよ」

「もちろん。写メ送ってもらったから」

良恵さんはにっこりと笑う。

「あ、でも、写真より実物のほうが綺麗だね。色白で小顔だし、アイドルみたい」

「そっ、そうかな？」

「うん。東京にいたら、絶対、芸能事務所からスカウトされちゃうよ」

「あはは。さすがにそれはないって。と、私のお姉ちゃん、紹介しておくね」

雪音さんが私の背中を軽く叩《たた》く。

「これが私のお姉ちゃんの由那先生」

「由那先生？」

「あ、私が通ってる学校で保健の先生をやってるから」

慌てて、雪音さんが言い訳をする。

「それで、由那先生って、つい言っちゃうの」

「へーっ、そうなんだ」

良恵さんは私に向かって、丁寧におじぎをした。

「初めまして。平石良恵です」

「如月由那です。雪音さ…………の姉で、養護教諭をやってます」

私は口元をぴくぴくと動かして、笑顔を作る。

「い、妹は田舎から出てきたばっかりで、世間知らずなんです。だから、ちょっと心配でついてきちゃいました」

「優しいお姉さんなんですね」

「い、いや。心配性なだけで…………」

私は額《ひたい》に浮かんだ汗を手の甲でぬぐう。

「ごめんね。二人だけで遊びたかったんじゃないの？」

「大丈夫ですよ。お兄さんだったら、ちょっと緊張したかもしれないけど」

「たしかに女子同士だからね」

私と良恵さんは顔を見合わせて笑う。

――良恵さんって言葉使いも丁寧だし、頭良さそうな感じがするな。

「ねぇ、良恵」

雪音さんが良恵さんのパーカを掴《つか》んだ。

「これから、どうするの?」

「二人がいいのなら、映画を観たいんだけど。ちょうど観たい映画があって」

「うん。いいよ。由那先………お姉ちゃんもいいよね?」

「もちろん。私がおごってあげるよ」

「いいんですか?」

「それぐらいならね。これでも、社会人だから」

私はポンと自分の胸を叩《たた》いた。

映画館は飯田橋駅から徒歩三分の場所にあった。赤茶色のレンガの壁に上映中の映画のポスターが貼ってある。

「あ、この映画です」

良恵さんが右端に貼ってあったポスターを指差した。

「へーっ、これ…………えっ？」

私は血まみれの女性の顔がアップになったポスターを凝視する。ポスターの下の部分に『妖怪のはらわた』とタイトルが書かれていた。

「この映画、マニアの間で評判が高いんですよ。残虐な妖怪が人間を殺しまくるストーリーで、失神者続出なんです」

「失神…………」

「はい。人間が妖怪に食べられるシーンが、すごくリアルらしくて」

「…………良恵さんって、ホラー映画が好きなの？」

「映画だけじゃなくて、ホラー小説もホラー漫画も好きです」

良恵さんが満面の笑みを浮かべる。

「ホラー映画って、すごく面白いんです。怖くて、ドキドキして、ジェットコースターに乗ってるような感覚が最高に気持ちいいですよね」

「そっ、そうなんだ？」

「はいっ！　雪音も妖怪のことに詳しいから、ちょうどいいと思って」

「あ、う、うん」

雪音さんがいつもより青白い顔でうなずく。

「あやかしのことは、お、お姉ちゃんに教えてもらったの。お姉ちゃん、妖怪辞典買うぐらいのあやかしオタクだから」

「そうなんですか？」

「………うん。学校に勤めてるとね、子供と話を合わせないといけないから。ほら、あやかしはアニメやゲームで人気でしょ」

「みたいですね。私は子供向けのアニメじゃ、物足りなくなっちゃいましたけど」

良恵さんがメガネの奥の目を細める。

「二人とも、あやかしが好きなら、楽しめると思いますよ」

「そっ、そうだね。は、ははっ」

私は頬《ほお》を痙攣《けいれん》させながら、笑顔を作った。


映画は予想以上にハードな内容だった。

ハサミのような手を持ったあやかし（？）がキャンプに来た若者たちを殺すストーリーで、上映時間の半分は殺害シーンだった。

死んだと思ったあやかしが復活して、主人公の女性の首を切り落とすシーンで映画は終わった。

オレンジ色のライトが点《つ》き、私は押さえていた口元から手を離した。

——ヤバかった。最後、悲鳴をあげそうになっちゃった。ホラー映画だから、ハッピーエンドにはならないと覚悟してたのに。

視線を横に動かすと、呆然《ぼうぜん》としている雪音さんがいた。

「大丈夫？　雪音さん」

「………あ、う、うん」

雪音さんが壊れたロボットのように首を動かした。

「殺されるシーンがリアルで気持ち悪い。血がいっぱい出て………」

「あやかしでも血って苦手なの？」

「苦手なあやかしもいるよ。全てのあやかしが人間を殺すわけじゃないし。それに、この映画、血だけじゃないじゃん。チェーンソーで人間ぐちゃぐちゃにしてるし」

雪音さんは頭痛に耐えるかのように、頭を押さえた。

「………はぁ」

雪音さんの隣に座っていた良恵さんが、ふっと息を吐く。

「素晴らしい映画でしたね」

「え？　素晴らしい？」

私はまぶたをぱちぱちと動かす。

「この映画が？」

「はい。妖怪のデザインもグロテスクで最高だし、人間をチェーンソーでミンチにするシーンは見事でしたね。あの内臓がぴくぴくと動くところは、クリエイターのこだわりを感じました」

「…………そ、そっか。まあ、楽しめたのならよかったよ」

「それじゃあ、ご飯食べに行きましょう！　近くに美味しいハンバーガーのお店があるんです」

「は、ハンバーガー？」

「はい。赤身肉をハンマーで叩《たた》いたパテがすごく美味しいんです。自家製のトマトケチャップとの相性もばっちりで」

「そ、そう。トマトケチャップかぁ…………」

映画の殺害シーンを思い出して、私の笑顔が固まった。

会計を終えてハンバーガー屋を出ると、誰かが私の肩に触れた。

振り返ると、ショート丈のジャケットと黒のスキニーパンツ姿の秋斗さんが立っていた。

秋斗さんは近くにいた雪音さんを見て、私の耳元に口を寄せる。

「あやかし学校の生徒か？」

「あやかしって、わかるの？」

「当たり前だ。俺は祓い屋なんだから」

「外見は人間そっくりに見えるけど？」

「オーラが違う。人間にもあやかしにもオーラがあって、その色が違うといったほうがわかりやすいか。雪女だろ？」

「うん。雪女の雪音さん。あ、隣にいる人間の子にはナイショだからね」

「…………どういう状況だ？」

「えーと…………」

私は雪音さんたちと離れて、秋斗さんに説明した。

「…………ふーん。なるほどね」

秋斗さんは十数メートル離れた雪音さんに視線を向ける。

「これも、先生の仕事なのか？」

「サービス残業みたいなものかな」

「真面目に先生をやってるんだな。もう、逃げ出したかと思ってたが」

「逃げ出せない事情があるの！」

私は頬《ほお》を膨らませる。

「それに、私の生徒は悪い子じゃないし」

「悪い子じゃない…………ねぇ。まあ、悪さをしないあやかしを一匹でも増やしてくれるのなら、問題ないがな」

「そっちは何してるの？　装束姿じゃないみたいだけど」

「待ち合わせだよ」

「デート？」

秋斗さんは首を左右に振る。

「違う。祓い屋の仕事で客と会うんだ」

「仕事なのに、そんな服でいいの？」

「外見はどうでもいいだろ。中身が重要なんだから」

「そのセリフをあなたが言ってもなぁ」

私は視線を縦に動かして、秋斗さんの姿を眺める。服はブランド物じゃなさそうだけど、モデルなみに着こなしている。靴はちょっと高そうなブラウンのレザースニーカーか。

これで性格が優しければ、完璧なのに………。

「おいっ！」

秋斗さんが真剣な表情で私を見つめる。

「あんまり、あやかしに感情移入するなよ」

「別に悪いことじゃないでしょ？」

「お前自身が後悔することになってもか」

「後悔？」

「ああ。あやかしを信じて殺された人間も山のようにいるからな。そして、無害なあやかしも人間に殺されることがある。だから、人間とあやかしは距離を取ったほうがいい」

秋斗さんは良恵さんと会話している雪音さんを見る。

「あやかしと人間が仲良くなれる可能性は低いぞ」

「でっ、でも、私は生徒と仲良くしてるし、人間と夫婦になったあやかしもいるんでしょ？有名な雪女の話だってそうだし」

「例外的にな」

そっけなく、秋斗さんが答えた。

「確率的には上手くいかないことのほうが多い。それが現実だ」

「あやかしの学校なんて、意味がないって言いたいの？」

「いや。人間のことを学ばせるのはいい。そして、あやかしが人間に近づかないように教育しろ」

「人間と仲良くする指導は間違ってるってこと？」

「ああ。人間とあやかしは関わり合わないほうがいい。それを、あの雪女に伝えてやるんだな」

秋斗さんは整った眉を眉間《みけん》に寄せて、唇を強く結んだ。


秋斗さんが去って行くと、雪音さんが私に駆け寄ってきた。

「ねぇ、今のイケメン誰？」

「秋斗さんだよ。神社の神主で祓い屋の」

「祓い屋って？」

「あやかしを退治する仕事みたい」

「何それ。私たちの敵じゃん」

雪音さんが短く舌打ちをした。

「どうして、そんな奴と知り合いなの？」

「悪い人じゃないの。風太くんも助けてくれたし」

——人間とあやかしは関わり合わないほうがいい……か。秋斗さんは、そのほうがいいと思っているんだな。お互いに関わらなければ、トラブルが起こることもないけど、それが正解なのかな？

私の両手が、いつの間にか、こぶしの形に変わっていた。


その後、私たちは、近くの五階建てのビルに移動した。狭いエレベーターを使って、四階に上がり、アクセサリーショップに入る。

中には、色鮮やかなアクセサリーが棚にぎっしりと並べられていた。女子高生や女子中学生の客がいて、楽しそうにアクセサリーを選んでいる。

「へぇーっ、こんな店があったんだ？」

「女子高生に人気のショップなんです」

隣にいた良恵さんが答えた。

「千円以下で買える物ばかりで、雪音さんが喜ぶと思って」

「うん！　東京に来たら、こういう店に行きたかったの」

雪音さんが瞳《め》を輝かせて、店内を見回す。

「ねぇ、せっかくだから、三人でお揃いのヘアアクセ買おうよ」

「え？　三人って私も？」

私は自分の顔を指差す。

「うん。私が買ってあげるから」

「買うって、お金大丈夫なの？」

「ちゃんと持ってるって。東京から戻ってきた仲間がいるって言ったでしょ。その子から、もらったの」

雪音さんはカラフルなバッグから財布を取り出し、中身を見せた。そこには一万円札が数十枚入っていた。

「こんなにいっぱい持ってきたの？」

「え？　女子高生のおこづかいってこれぐらいじゃないの？」

「そんなバカな。社会人の私だって、財布の中にあるお金は一万円ぐらいだよ」

「あ、そうなんだ？」

「すごいね、雪音」

良恵さんが、目を丸くして、財布の中を覗き込んだ。

「こんなに、お金持ってるなんて」

「あ………う、うん」

雪音さんはぎこちない笑みを浮かべた。

「ほ、ほら。おっ、お歳暮。お歳暮を貯めたんだよ」

「お歳暮?」

「お歳暮じゃなくて、お年玉ね」

私が慌てて訂正する。

「も、もう、ダメだなぁ。雪音は」

「あ、それそれ。それを貯めてたの。ちょっと勘違いしちゃった」

「すごい間違いだね」

良恵さんがくすくすと笑う。

「雪音って美人だけど、ちょっと抜けてるところがあるよね」

「は、ははっ!　美人薄命ってやつだからね」

「全然違うよ」

私は雪音さんの肩を軽く叩《たた》く。

「適当に覚えてることを喋《しゃべ》るから、ダメなんだよ。もっと、勉強しないと」

「う…………わかってるよ」

雪音さんの頬《ほお》が餅のように膨れた。

お揃《そろ》いのヘアアクセサリーを買った後、私たちは店を出た。

「ねぇ、本当にお金は払わなくていいの？」

私は雪音さんに声をかける。

「いいって。三つで千五百円だったし。その代わり、ちゃんとつけてよね」

「…………う、うん。部屋でつけるよ」

「えーっ？　何で部屋なの？」

「いや。女子高生に人気のアクセを外でつけるのはちょっと…………」

私は手にした紙袋を見て、苦笑する。

——しかも、ピンクのリボンはなし。ちょっと子供っぽすぎるし。これを大人の私がつけてたら、目立つよなぁ。

「まあ、そのうちにね」

適当にごまかしながら、私はエレベーターのボタンを押す。

「じゃあ、最後にたい焼き食べに行こうか」

「たい焼き？　魚を食べるってこと？」

「またまたぁ。そんな冗談言っちゃって」

私は肘で雪音さんの腕を突いた。

「スイーツのたい焼きのことだよ。小麦粉で作った生地の中にあんこが入ってるお菓子ね。この近くに美味しいお店があるの」

「…………あ、ああーっ。そ、そのたい焼きのことね」

「そうそう。ぱりぱりの皮と甘さ控えめのあんこの組み合わせが最高なの。あんの種類もいっぱいあるし」

「あ、それ食べてみたい。良恵も食べるよね？」

「うん」と良恵さんが答える。

「じゃあ、今度は私がおごって…………」

その時、エレベーターの扉のすき間から、白い煙が出ていることに気づいた。

「あれ？　煙が出てる」

「煙ですか？」

良恵さんがエレベーターの扉の前でしゃがみ込んだ。

「…………ほんとだ。どうしたんだろう？」

「…………二人とも、私についてきて」

「えっ？　どこにですか？」

「階段だよ」

私は早足で階段に向かう。

金属製の扉を開くと、白い煙が私の体を包んだ。

――まずい！　これ…………火事だ！

口元を押さえて視線を階下に向ける。白い煙が充満していて、オレンジ色の炎が見えた。

パチパチと何かが燃える音が聞こえてくる。

――ダメだ。階段からも逃げられない。他の出口を探さないと！

「二人とも、私から離れないでね」

アクセサリーショップに戻り、商品を棚に並べていた若い女の店員さんの腕を掴《つか》む。

「店員さん、火事です！」

「えっ？　火事？」

店員さんは驚いた表情で出入り口を見る。既《すで》に煙は店内に入ってきていた。

「う…………ウソ…………」

「店員さん。もう、階段が使えないんです。エレベーターも動いてないみたいだし、他に出口はないんですか？」

「階段が使えない？」

「煙が充満してて、もう下りられないんです」

「そんな………」

店員さんの顔が蒼白になる。

「他に出口なんてないです。ここは狭いビルだから………」

その言葉に、私は唇を強く噛む。

——これ、本格的にまずい状況だ。煙はどんどん濃くなってくるし、この店、窓も棚で塞がれてる。これじゃあ、どこにも逃げられない。

私は周囲を見回す。

——私たち以外に、女子中学生っぽい子が二人と、茶髪の女子高校生が一人か。

「他に店員さんはいるんですか？」

「い、いえ。今、店長は休憩中で………」

「じゃあ、私たちを含めて、七人ですね？」

「は、はい」

店員さんは震えながらうなずく。

その時、サイレンの音が遠くから聞こえてきた。どうやら、誰かが消防車を呼んでくれたようだ。

――よし、それなら………。

「店員さん。このビル、屋上には出られますか？」

「たしか、出られるはずです」

「それなら、みんなで屋上に避難しましょう。そのほうが助かる確率は高いはずです」

「わっ、わかりました」

店員さんの歯がかちかちと音を立てる。

私の質問に、店員さんは首を縦に動かす。

「あなた………大学生？」

「は、はい。ば、バイトで………」

「そう。怖いと思うけど、きっと助かるから。みんなで頑張ろう」

私は、他の子たちにも聞こえるように、大きな声で言った。

私たちは口元を押さえて、ビルの屋上に移動した。

屋上は狭く、貯水槽の横に植木鉢が数個並んでいた。四方は転落防止用の柵に囲まれていて、どの方向からも煙が立ち上っている。

「みんな、煙を吸わないように頭を下げてて」

私はそう言って、柵に駆け寄る。隣のビルの距離を目で測って、唇を強く噛んだ。

――隣のビルまで、五メートル以上ある。ここを飛び越えるのは無理だ。

視線を動かすと、植木鉢の近くに蛇口があり、青いホースが繋《つな》がっていた。

「蛇口ってことは………」

蛇口のハンドルを回すと、青いホースから水が流れ出した。

「よし！　みんな、ハンカチを水に濡らしておいて」

「そんなことしてどうするの？」

雪音さんが私に質問する。

「水で濡らしたハンカチで口元を押さえると、煙の遮断効果があがるの。と、そうだ。雪音さんは大丈夫なの？　雪女って火が苦手なんじゃ？」

「人間と変わらないレベルだよ。日常生活で火を使うこともあるし」

「そっか………」

私は奥歯を強く噛んだ。

――人間と変わらないってことは、このままだと、雪音さんも死んじゃうことになる。

消火が間に合えばいいんだけど…………。

　サイレンの音と男の怒声が下から聞こえてくる。

「う…………ううう っ」

　女子中学生の二人が顔をくしゃくしゃにして泣き出した。隣にいる女子高生も恐怖に顔を歪《ゆが》めている。

「大丈夫だから」

　私は明るい声で言った。

「もう、もうすぐ助けが来るから、頑張って！」

　その時、下から爆発音とガラスが割れる音がした。

　一気に四方の煙が濃くなり、目が沁《し》みる。

「ゴホッ…………」

　突然、目の前にいた良恵さんが咳き込んだ。

「良恵さんっ！」

「…………ちょっと、煙を…………吸い込んじゃって」

　良恵さんは肩で息をしながら、弱々しい笑みを浮かべる。

「良恵っ、大丈夫？」

雪音さんが良恵さんの肩に手を回す。

「へ、平気…………」

「でも、苦しそうだよ」

「子供の頃から、ノドが弱くて…………」

「良恵…………」

――ダメだ。間に合わない。

私の両足が小刻みに震え出した。

――このままじゃ、焼け死ぬ前に一酸化炭素中毒で死んじゃう。私だけじゃなく、他のみんなも…………。

何もできない自分に怒りを感じ、手のひらに爪が食い込んだ。

――この状況じゃ、できることなんて何も…………。

「由那先生…………」

その時、雪音さんが私の手を掴《つか》んだ。

「手伝ってくれる？」

「…………手伝う？」

「うん。私なら、みんなを助けられるかもしれない」

「助けるって、雪を降らせるってこと？」

「ううん。橋をかけるの」

そう言って、雪音さんは隣のビルを指差した。

「そこのホースから水が出るんだよね？」

「う、うん。いつまで出るかわからないけど………」

「それなら、急がないと」

雪音さんは蛇口のハンドルを回して、ホースを手に取った。親指でホースの先端を潰《つぶ》すように押すと、水しぶきが隣のビルにかかる。その水が白くなり、空中で固まり始めた。

一気に周囲の空気が冷たくなり、隣のビルに幅十センチ程の氷の橋がかかった。

雪音さんはホースを持つ手を左右に動かして、その橋を広げていく。

「雪音………」

隣にいた良恵さんが、口を半開きにして雪音さんを見ている。その背後にいる他の子たちも氷の橋を作っている雪音さんに視線を固定させていた。

数分後、幅五十センチ程の氷の橋が完成した。

「これぐらい厚みがあれば、大丈夫だと思う」

そう言うと同時に、雪音さんはがくりと片膝をついた。

「だ、大丈夫？　雪音さん」

「ちょっと力を使いすぎちゃって」

雪音さんは荒い呼吸を繰り返す。

「ありがとう。雪音さん」

私は転落防止用の柵を乗り越え、ビルの端に立った。下から白い煙が舞い上がり、周囲の景色がぼやけて見える。

――熱気がすごいな。早く渡らないと、せっかく雪音さんが作ってくれた橋が溶けてしまう。

「みんな、この橋を渡って、隣のビルに行くよ」

「は、はぁ？　何言ってんの？」

女子高生が震える手で、氷の橋を指差した。

「こんな橋を渡れるわけないって。落ちたら死んじゃうじゃん」

「でも、ここにいても、煙に巻かれて死ぬだけだよ。距離は五メートルぐらいだし、一人ずつ渡ればなんとかなる」

私は濃くなっていく煙を見回す。

「私が先に渡るから」

「わ、渡るって、本気?」

「…………うん」

私は氷の橋を見つめる。

――雪音さんが頑張ってくれたけど、氷の橋の強度がどのくらいかはわからない。人間が乗っても大丈夫なのかどうか、大人の私が確認しないと!

持っていたバッグを斜めがけにして、私は右足を氷の橋に乗せる。氷の橋は割れることなく、体重を支えた。

――これならいける!

両手を左右に広げて、ゆっくりと氷の橋を渡り始める。

――氷だから滑らないように気をつけないと。

体のバランスを取りながら、一歩一歩前に進む。

――たった、五メートルの橋なんだ。普通なら五秒で渡れるレベルだし。

突然、強い風が吹いて、煙が顔を覆《おお》った。ぐらりと上半身が揺れる。

「由那さんっ!」

背後から、悲鳴のような良恵さんの声が聞こえてくる。

「…………だっ、大丈夫」

私は視線を正面に向けたまま、唇だけを動かした。

——落ち着いて。幅五十センチもあるんだから、踏み外すことなんてありえない。ここが地面だと思えばいいだけだ。残り三メートルもないんだから。

深呼吸をして、右足を前に出す。

「ただ、真っ直ぐに進むだけ」

——あと二メートル…………一メートル…………。

左足が、隣のビルのへりを踏んだ。

「よし！　渡れた！」

私はぐっと両手を握り締める。

「みんな、早くこっちに来て！」

「は、はい」

良恵さんは持っていたバッグをその場に置いて、ゆっくりと氷の橋を渡り始めた。

「そう。真っ直ぐに歩けばいいだけだから」

十数秒後、良恵さんが私の胸に飛び込んできた。

「すごい。私より早く渡れたじゃない」

「由那さんが…………渡れることを証明してくれた…………おかげです」

良恵さんは苦しそうに息をしながらも、その表情は明るかった。

「さあ、みんなも来て！」

私と良恵さんが渡ったことで、他の子たちも決心がついたのだろう。女子中学生二人が渡り、その後に店員さんと女子高生、雪音さんが続く。

雪音さんが渡り終えると同時に、氷の橋が音を立てて崩れ落ちた。

「ぎりぎりだったんだ……」

私はその場でしゃがみ込んだ。

視線を隣のビルに向けると、屋上はまっ黒な煙に包まれていた。

――あのまま、火災の起きたビルにいたら、間違いなく死んでた。危険な判断だったけど、これでよかったんだ。

その時、良恵さんの膝が折れて横倒しになった。

「良恵さんっ！」

私は良恵さんの体を抱き抱える。

「……ちょっと……めまいがして……」

良恵さんが青白くなった唇を動かす。

「頭痛や吐き気は？」

「………頭がくらくらします」

「初期の一酸化炭素中毒だと思う。新鮮な空気のある場所に移動すれば大丈夫。すぐに元気になるから」

「………は、はい」

良恵さんは弱々しく返事をして、まぶたをすっと閉じた。

――問題ないと思うけど、お医者さんには診せたほうがよさそう。きっと、救急車も来てるはずだし。

私は近くにいた女子高生に声をかけた。

「あなた、手伝ってくれる？」

「イヤよ。冗談じゃない！」

「え………？」

予想外の言葉に、私はぽかんと口を開けた。

「………ど、どうして？」

「だって、あんたたち、変だもん」

女子高生は、雪音さんを指差した。

「この女、水を氷にしてたよね？　そんなこと、人間にできるわけないじゃん」

「それは…………」

私はちらりと雪音さんを見る。

雪音さんは表情を硬くして、銅像のように動きを止めている。

「あなたたち、何なの？」

「もっ、もちろん、普通の人間だよ」

私は上擦《うわず》った声で答えた。

「私は養護教諭……保健の先生をやってるの。で、この子はうちの学校の生徒だから」

「じゃあ、さっきの氷の橋は何？」

「あれは…………」

言い訳を思いつかなくて、私は口ごもる。

視線を動かすと、店員さんと女子中学生たちも、強張《こわば》った表情で雪音さんを見ている。

——どうしよう。こんな言い争いをしてる場合じゃないのに。

「とにかく、今は協力して…………」

「…………もう、いいよ」

雪音さんが暗い声を出して、女子高生に近づく。

「あなた…………私の正体が知りたいみたいだね」

「ひ………ひっ！」

女子高生の顔が恐怖で引きつった。

「そんなに怖がらなくてもいいって。私はただの雪女だよ」

「ゆ、雪女？」

「そう。ちょっとした気まぐれで、人間の世界に遊びに来てたの。それで、この火事に巻き込まれてね」

雪音さんはふっと唇をすぼめて、息を吐き出した。女子高生のセーターに白い雪が降りかかる。

「あ………」

女子高生の顔が歪《ゆが》む。

「ばっ、化け物っ！」

「………化け物か」

雪音さんは悲しげに笑った。

「そこまで言われちゃ、こっちも化け物らしいことやっちゃってもいいよね」

「な、何するつもり？」

「正体がばれた雪女のやることとは、知ってるんじゃないの？」

「ひ、ひいいいっ！」

女子高生は甲高い悲鳴をあげた。ばたばたと両手と両足を動かして、転げるように逃げ出した。屋上の隅にあった扉を開き、階段を駆け下りていく。

「あれだけ元気なら、あの子は大丈夫だね」

雪音さんは私に近づき、しゃがみ込んだ。

「手伝うよ。良恵を避難させるんでしょ」

「あ、う、うん」

「安心して。ちょっと驚かせただけで、あの子に何かしようなんて考えてないから」

「………わかってる」

私は雪音さんと協力して、良恵さんを立たせた。


一階のエントランスから外に出ると、すぐに消防士が駆け寄ってきた。

「君たち、大丈夫か？」

「私は平気です。この子が初期の一酸化炭素中毒の可能性があります」

私は視線を良恵さんに向ける。

「今は、意識が朦朧としてますので、お医者さんに診せたほうがいいと思います」

「わかりました。すぐに手配します」

消防士は良恵さんの体を支えながら、近くにいた別の消防士に指示を出した。

私は額《ひたい》に浮かんだ汗を手の甲で拭った。

数メートル先で、店員さんと女子中学生の二人が消防士と話をしている。

——あっちは問題なさそうだな。先に逃げてった女子高生も大丈夫だろう。

その時、さっきまで隣にいた雪音さんがいなくなっていることに気づいた。

「あれ？　雪音さん？」

周囲を見回すが、雪音さんの姿はない。

——変だな。理事長にもらった指輪をつけてるから、姿を消していても見つけられるはずなのに…………。

「雪音さん！　どこにいるの？」

私は雪音さんの名前を何度も呼ぶ。

「何やってるんですか！」

突然、消防士が私の手を掴《つか》んだ。

「ここは危険です。もっと離れてください！」

「でも、連れとはぐれちゃって」

「その子も避難してるはずです。早くこっちに！」

消防士は強引に私を数十メートル離れた十字路まで移動させた。

そこには多くの野次馬が集まっていて、煙に包まれたビルを眺めている。

「すっごい煙だね。これヤバイって」

「ああ。人が死んでるかもな」

「でも、どうして火事になったんだろう？」

「わかんない。もしかして、放火なのかな」

「とりあえず、動画撮っとこうぜ。ツイッターにあげたら、バズるかもしんねーし」

私は野次馬をかき分けながら、雪音さんを捜し続けた。

しかし、ビルの火事が収まった後も、雪音さんを見つけることはできなかった。


次の日の朝、教室の扉を開くと、風太くん、小鈴ちゃん、ハニポンが並んで席に座っていた。

「おはようございます。由那先生」

小鈴ちゃんが私に挨拶した。

「おはよう。小鈴ちゃん」

私は小鈴ちゃんに挨拶を返して、雪音さんの席に視線を動かす。

「…………雪音さんは来てないみたいだね」

「遅刻だろ」

そう言って、風太くんがあくびをする。

「…………それなら、いいんだけど」

私はぼそりとつぶやいて、教壇の上に立つ。

――やっぱり、昨日のことがショックだったのかな。女子高生にひどいこと言われちゃったし。

恐れと嫌悪が入り混じった女子高生の顔を思い出して、肩がずしりと重くなった。

――あの子の気持ちもわかる。雪音さんは人間にはできないことをやったんだから。でも、そのおかげで私たちは助かったんだから、雪音さんに感謝してもいいのに。

「由那先生」

いつの間にか、ハニポンが足元にいた。

「どうした？　元気ないな」

「…………ちょっと気になることがあってね」

「そうか。俺はつぶあんのほうがいいと思うぞ。こしあんも美味しいが、つぶつぶが入ってるほうが好きだ」

「いや。あんこの種類で悩んでいるわけじゃないの」

苦笑して、ハニポンの頭を撫《な》でる。

「ねぇ、ハニポンは人間に姿を見られたことある？」

「あるぞ。公園で子供が饅頭《まんじゅう》を食べてたから、姿を見せて、『くれ』って言った」

「それで、どうなったの？」

「半分もらえたぞ」

嬉しそうにハニポンが答えた。

「でも、大人の人間はダメだった。悲鳴をあげて、逃げていった。『ハニワの化け物』って騒がれた」

「…………そんなことがあったんだ」

「俺は人間に悪いことしたことないのに、どうして逃げるんだ？」

「…………怖いからだよ」

私は膝を曲げて、ハニポンと視線を合わせる。

「普通の人間は、あやかしが現実にいるとは思ってないの。だから、その姿を見たら、パニックになっちゃう」

「パニックって何だ?」

「混乱しちゃうってこと」

「そうか。人間は大変なんだな」

ハニポンは腕を組んで、頭を僅《わず》かに傾ける。

どうやら、ハニポンは人間の反応をそんなに気にしていないみたいだ。性格の違いなのか、種族の違いなのかはわからないけど。

――雪音さんが来たら、ちゃんとケアしてあげないと。こういう時こそ、養護教諭が必要になるんだ。

しかし、その日、雪音さんが学校に来ることはなかった。

雪音さんが学校に来なくなってから、三日後。保健室に理事長がやってきた。

理事長は私の前にあったイスに座ると、紅を塗った唇を開いた。

「今日も雪音さんは来なかったみたいね」

「…………はい」

私は暗い声で答えた。

「毎日、電話してるんですけど出てくれないし、LINEのメッセージにも既読がつかないんです」

「…………風太の時と違って、神楽坂《かぐらざか》にいるとは限らないし、捜すのは難しそうね」

「そうなんですよ。雪音さんが興味ありそうなファッション関係のお店を回ってるけど、見つからなくて」

私は右手にはめた指輪に視線を落とす。

――この指輪があるから、あやかしが姿を隠していても、見つけることはできる。でも、それ以前にどこにいるかがわからないと、どうしようもない。

「理事長は雪音さんのいる場所に心当たりはないんですか？」

私の質問に、理事長は首を左右に振る。

「東京は広いし、長野に帰ったかもしれないしね」

「そう…………ですか」

「まあ、雪音さんを見つけられる人間ならいるけど」

「えっ？　そんな人がいるんですか？」

「あなたも知ってる人間よ」

「知ってる人間って…………あっ、秋斗さんですか？」

「そう。祓い屋だから、あやかしを捜す方法をいくつも知ってるはずよ。それが仕事なんだから」

「それなら、私、秋斗さんに頼んできます！」

私は壁に掛けていたダウンジャケットを羽織り、保健室を飛び出した。


古い石段を駆け上がると、入母屋造の本殿が見えた。柱は鳥居と同じ朱色で、周囲には玉砂利が敷かれている。人の姿はなく、しんと静まり返っていた。

「あれ？ いないのかな？」

本殿は小さく、人が住めるような広さではなかった。

「もしかして、別の場所に住んでるのかもしれない」

そうつぶやきながら、裏手に回る。

裏手にも、住居らしき建物はなかった。

「困ったな。こんなことなら、連絡先聞いとけばよかった」

「俺に用か？」

突然、背後から秋斗さんの声が聞こえてきた。

「あ、秋斗さん」

私は秋斗さんに駆け寄った。

「どこにいたの？」

「隣のマンションだよ」

秋斗さんは高級そうなマンションを指差す。

「ベランダにいたら、お前が境内にいるのが見えてな」

「あんな高そうなマンションに住んでるんだ？」

「最上階だから、一億以上だな」

「一億………」

自分の声が掠《かす》れた。

——外見だけじゃなくて、お金も持ってるんだ。天は二物を与えずって、ことわざがあったけど、秋斗さんを見てると、それが間違いだってわかる。

「で、俺に用があるんだろ？」

「そうだ。秋斗さんはあやかしを捜せるんでしょ？」

「………捜せたら、何なんだ？」

「雪音さんを捜して欲しいの」

「雪音って………この前、お前といた雪女か？」

「そう。いなくなっちゃったんだよ」

私は火事の時の状況を秋斗さんに説明する。

「だから、雪音さんが心配なの」

「…………ふーん」

秋斗さんは口元に手を当て、切れ長の目で私を見つめる。

「俺に雪女捜しをやらせたいってことか？」

「うん。あなたなら、雪音さんを捜せるんでしょ？」

「そうだな。一度会ったあやかしなら、捜しやすくなる」

「じゃあ、手伝ってよ」

「何故、手伝わないといけない？」

秋斗さんは面倒くさそうに頭をかいた。

「お前は、俺の依頼主じゃないだろ？」

「そこをなんとかお願いっ！」

私は両手を合わせて、秋斗さんに頭を下げた。

「雪音さんは私の生徒なの。きっと、人間にひどいこと言われて傷ついてると思うから、早くケアしてあげたいの」

「…………人間と距離を置くいい機会になるんじゃないか？」

「そんなのダメだよ！」

私の声が大きくなる。

「人間とあやかしは関わり合わないほうがいいって考えは理解できる。お互いに不幸になることもあるみたいだし。でも、こんなかたちで雪音さんが人間と関わらなくなるのはダメなの！」

「ダメって、お前が決めることとか？」

秋斗さんが面倒くさそうに言った。

「本人がそう決めたのなら、もういいだろ？」

「私がイヤなの！」

きっぱりと私は答えた。

「短い期間だけど、私は雪音さんを指導してきたの。その結果が、これって納得できないから」

「…………まあいい。で、いくら払うんだ？」

「払うって、お金取るの？」

「当たり前だ。時間と労力を使うんだからな」

「い、いくらぐらいが相場なの？」

「まあ、今回はあやかしを捜すだけだから、普通より安くして…………五十万だな」

「ごっ、五十万っ？」

私の声が裏返る。

「そんなにお金取るの？」

「あやかし関係の仕事は命にかかわるからな。それに、誰もができるような仕事じゃない。この程度の対価は必要だ」

「…………」

「どうした？　まさか、五十万の貯金もないのか？」

「あなたみたいに、私はお金持ちじゃないのっ！」

私は秋斗さんを睨《にら》みつける。

「…………わかったよ。今はお金持ってないけど、絶対に払うから、雪音さんを捜して！」

「それなら、今からお前は依頼主だ」

秋斗さんはジャケットの内ポケットから十数枚の白い紙を取り出した。その紙を口元に寄せて、ふっと息をふきかける。

白い紙が蝶の形になり、ひらひらと周囲を舞い始める。

「この蝶に、雪音さんを捜させるの？」

「ああ。蝶なら視界も広いし、どこにでも入り込むことができるからな」

「でも、この蝶、よく見たら、紙ってわかるんじゃ？」

「普通の人間が蝶を見ても、関心を持たないようにしてある」

「関心を持たない？」

「目の前を飛んでても、気にしなくなるんだ」

「へーっ、そんなこともできるんだ」

「他にも、こんなこともできる」

秋斗さんが指先で、飛んでいる蝶に軽く触れた。

すると、蝶の羽が黄色に変化する。

「えっ？　色も変えられるんだ？」

「ああ。こうやって、本物の蝶っぽく見せることもできる。まあ、じっくり見れば、ニセモノってわかるが、動いてるとばれにくい」

「へーっ、便利な能力だね」

私は口を半開きにして、飛び回る紙の蝶を見回す。

蝶は四方に分かれ、青い空に消えていった。

「ねぇ、どのぐらいで雪音さんを見つけられるの？」

「それは、わからないな」

秋斗さんが、そっけなく答える。

「とりあえず、神楽坂《かぐらざか》周辺を捜させて、いないようなら、範囲を広げていく。近くにいるのなら、すぐに見つかるだろう」

「そうでなかったら？」

「東京以外なら、厳しいな」

「そう……だよね」

「まあ、依頼を受けた以上は、できる限りのことはしてやる。とりあえず、お前の連絡先を教えろ」

「あ、う、うん」

私は慌ててスマートフォンを取り出した。


次の日の午後、保健室の掃除をしていると、スマートフォンの着信音が鳴った。液晶画面に『秋斗さん』の文字が表示されている。

通話ボタンを押すと、スマートフォンから秋斗さんの声が聞こえてきた。

『雪女の居場所がわかった』

「どこにいたの？」

『今は池袋《いけぶくろ》駅の東口をぶらぶらと歩いている。早く来たほうがいいぞ』

「どうかしたの？」

『雪女を監視してる女がいる。あれは多分祓い屋だな』

「えっ？　どうして祓い屋が雪音さんを監視してるの？」

『それはわからないな。だが、俺も含めて、祓い屋はあやかしを祓うのが仕事だ』

「あ………」

秋斗さんの言葉に、自分の心臓の音が大きくなった気がした。

「わかった。すぐに行くから！」

私は通話を切って、保健室を飛び出した。


池袋駅の東口に行くと、母子像の前に秋斗さんが立っているのが見えた。周囲には、若い女性が五、六人集まっていて、ちらちらと秋斗さんを見ている。

秋斗さんは紺色のオーバーコートに黒のズボンを穿《は》いていた。左手にはスマートフォンを持っていて、液晶画面に視線を落としている。

私が見ていることに気づいたのか、秋斗さんが顔をあげて私に近づく。周囲の女性の視線が私に向いた。

――うっ！　すごい敵意を感じる。別に恋人ってわけじゃないのに…………。って、そんなことを気にしてる場合じゃないんだ。

「秋斗さん。雪音さんはどこ？」

「今、蝶に追わせてる。ついて来い」

秋斗さんはサンシャイン通りに向かって歩き出した。

背後から、女性の声が聞こえてきた。

「何で、あんな女と…………。ファッションセンス0だし、顔も体型も普通じゃん。ありえないって…………」

――聞こえてるって。いや、聞こえるように言ってるのかな。ほんと、秋斗さんとつき合う女性って大変だろうな。

私は深く息を吐き出して、秋斗さんを追いかけた。

五分程歩くと、一匹の紙の蝶が秋斗さんの前に現れた。蝶はゆらゆらと宙を舞いながら、私たちを細い路地に案内する。

「あ…………」

十数メートル先に雪音さんがいた。雪音さんは小さな服屋のショーウインドーに飾られた洋服を眺めている。

私は雪音さんに駆け寄った。

「雪音さんっ！」

「あ…………」

雪音さんが驚いた顔で私を見る。

「どうして、私のいる場所がわかったの？」

「秋斗さんに頼んだんだよ」

私は隣にいる秋斗さんをちらりと見る。

「それより、どうして学校に来ないの？　みんな心配してたよ」

「…………人間のことなんて、勉強する必要がないと思ったからだよ」

雪音さんが視線をそらしながら答えた。

「どうせ、人間とは仲良くなれないってわかったし」

「あの女子高生のことを気にしてるの？」

「…………それだけじゃないよ。良恵とも終わったし」

「終わった？」

「あれから、LINEのメッセにも返信されなくなったから。何度、メッセを送っても、反応がないの」

「えっ？　良恵さんも？」

「うん。よく考えたら、当たり前だよね。あんなことやったんだから」

雪音さんは悲しそうな顔で笑った。

「でも、少しは期待してたんだ。良恵なら、私が雪女でも友達でいてくれるって」

「雪音さん………」

「ほんと、バカなことしたよ。あんなことしなければ、人間のふりを続けて、良恵と友達でいられたのに」

「………バカなことじゃないよ」

私は雪音さんに近づき、肩にそっと触れる。

「雪音さんがいなかったら、私は死んでた。それは、良恵さんも他の子たちも同じだよ。あなたにひどいこと言った女子高生もね」

「それで怖がられて、避けられるようになったのに？」

「私は違うよ！　雪音さんには感謝してるし、もちろん、怖くなんてない！」

私は雪音さんを抱き締める。

「あなたは六人の命を救ったの。それは本当にすごいことなんだよ」

「救った…………か」

「そう。あなたのおかげで、良恵さんも死ななかった。たとえ、そのせいで、友達関係が終わったとしても、彼女が死ななくてよかったって思えない？」

私の質問に、雪音さんは十数秒沈黙した。

「…………そうだね。良恵が死ぬよりよかったのかもしれない」

自分に言い聞かせるように、雪音さんはつぶやいた。

「良恵が友達だったのは事実だし、焼け死ぬ姿なんて見たくないよ」

「うん。良恵さんはいい子だと思うよ。ホラー趣味は、ちょっとついていけないけど」

「たしかに、そうだね」

雪音さんの白い頬《ほお》が緩んだ。

「…………ねぇ、由那先生」

「何？」

「あやかしと人間は関わらないほうがいいのかな？」

その言葉に、私の表情が引き締まる。

「…………その答えはわからないよ。私はあやかしに詳しいわけじゃないしね。でも、私自身は、あなたと関われてよかったと思ってる」

「私と?」

「うん。あと、風太くんと小鈴ちゃんとハニポンともね」

私は生徒たちの名前を口にする。

「正直、最初は戸惑いもあったよ。あやかしの学校で保健の先生をやるなんてね。でも、最近は楽しくなってきたの」

「楽しい?」

「そう。保健の先生としての仕事は、あんまりやれてないけど、人間のことを教える授業がね」

私は雪音さんに笑いかける。

「風太くんは頭の回転が速くて、教えたことをしっかり覚えてくれる。小鈴ちゃんは素直で勉強熱心。ハニポンもひらがなをナ行まで覚えてくれた。そして、あなたも私の授業を真面目に受けてくれる。もう九九も覚えたんでしょ?」

「…………覚えた意味なんて、なかったけど」

「そんなこと…………」

その時、私の背後から足音が聞こえてきた。振り返ると、そこには黒いレザージャケットに黒のズボンを穿《は》いた長髪の女性が立っていた。

女性は二十代前半で身長が百七十センチ近くあり、すらりとした体型をしている。

女性は、私の隣にいた秋斗さんを見て、薄い唇を開く。

「あなた、同業者だよね？」

「ああ。祓い屋の蒼野秋斗《あおのあきと》だ」

秋斗さんが普段より低い声で答える。

「お前の名前は？」

「私は速水涼子《はやみりょうこ》。武田《たけだ》流の祓い屋よ」

「武田流か。名門だな」

――どうやら、武田流というのは祓い屋の流派のようだ。ということは、この女性が雪音さんを監視してた祓い屋ってことか。

涼子さんは細く整えた眉を中央に寄せる。

「で、あなたも、その雪女を退治しにきたの？」

「いや。俺は雪女を捜してただけだ」

「じゃあ、私が退治してもいいよね？」

「ちょ、ちょっと待って！」

私は二人の会話に割って入った。

「雪音さんを退治するなんて、絶対にダメだから！」

「はぁ？　あなた誰？」

涼子さんが鋭い視線を私に向ける。

「………………祓い屋じゃなさそうね」

「私は保健の先生だよ。雪音さんが通う学校の」

「何それ？　雪女が学校に通ってるの？」

「そう。だから、この子は私の大事な生徒なの」

私は雪音さんを守るように、両手を広げた。

「第一、何で、雪音さんが退治されないといけないの？」

「依頼を受けたからよ」

「依頼って誰に？」

「娘さんを雪女に殺されそうになった親からね」

「えっ？　そんなこと、雪音さんがするわけないよ！」

「どうして、そんなことが言い切れるの？　雪女が人間を殺した事例は何件もあるのに」

涼子さんは雪音さんを指差す。

「この雪女が依頼人の家族を殺そうとしたのは間違いない。外見も娘さんから聞いた通りだし、着ている服も靴もね」

薄く紅を塗った涼子さんの唇が笑みの形に変わる。

「こいつはファッションにこだわりがあるみたいね。デニム製のジャケットも黒のスカートもブランド物で女子高生に人気なの。だから、すぐにわかったってわけ。火事の時に娘さんを殺そうとした雪女だって」

「火事って…………あ…………」

私は雪音さんにひどいことを言った女子高生の顔を思い出した。

「待って！　その娘さんって、茶髪の女子高生？」

「たしかに茶髪だけど、それがどうかしたの？」

「それなら、誤解だよ。雪音さんはその子を殺そうとなんてしてない。むしろ、助けたんだから」

「助けたって、そんなウソが通じると思ってるの？」

涼子さんは呆《あき》れた顔で、肩をすくめる。

「その雪女はビルに放火した。そして、正体がばれると、娘さんを殺そうとした危険なあやかしだから」

「いや、それ、絶対に違うから！」

「どうして、そう言い切れるの？」

「私、雪音さんといっしょに行動してたからだよ。あのビルに入ってから、火事が起こるまで、私たちは離れなかった。だから、雪音さんが火をつけるなんて無理だって」

「それを証明できるの？」

「えっ？　証明？」

「そう。あなたが雪女をかばってウソをついてる可能性もあるから」

涼子さんは疑り深い目で私を見る。

「あなたがあやかしの学校で先生をやってるのなら、雪女は身内ってことだし、その証言を信じるのは無理ね」

「それなら、女子高生の証言だって、証拠はないでしょ？」

「そうね。でも、こんな場合は依頼人の証言を信じることにしてるの。まあ、それ以前に、あやかしなら、いくら殺しても問題ないし」

「いくら殺しても……」

その言葉に、ぞくりと背筋が震える。

——この人は、本気で雪音さんを殺すつもりなんだ。

「そんなこと、絶対にさせないから」

「あなたに私が止められると思ってるの？」

涼子さんの口角が僅《わず》かに吊り上がった。

「祓い屋って仕事は体力も必要なの。力任せに攻撃してくるあやかしもいるからね。だから、私はそこらへんの男以上に鍛えてる。それに…………」

いつの間にか、涼子さんの手に銀色のナイフが握られていた。

「このナイフはあやかしを斬ることができる特別製なの。そして、当然だけど人間も斬ることができる」

「…………私を殺すつもりなの？」

「さすがに人間は殺さない。でも…………私の仕事の邪魔をするのなら、ケガぐらいは覚悟してもらうから」

「まあ、待てよ」

秋斗さんが軽く右手を上げて、涼子さんに近づく。

「それは、さすがに止めたほうがいいだろ。人間にケガさせたら傷害事件になるぞ。祓い屋のことなんて何も知らない警察官に、いろいろと説明するのは面倒だぞ」

「こっちも、そのぐらいの覚悟はしてるってこと」

「ふーん。仕事熱心なんだな」

「依頼された仕事を達成できないのは、武田流の名を汚すことになるからね」

「そうなるかもな。依頼人に騙《だま》された武田流の祓い屋として、あんたの名前が出回りそうだ」

「…………はぁ？」

涼子さんがナイフの刃先を秋斗さんに向ける。

「それ、どういう意味？」

「そのまんまの意味だよ」

秋斗さんはわざとらしくため息をついた。

「依頼人のウソを信じて、無実のあやかしを退治したら、さすがに笑い者になるだろうな」

「あなたも、このあやかしの先生を信じるって言うの？」

「ああ。信じるよ」

きっぱりと秋斗さんは答えた。

「昨日、こいつから話は聞いてたからな。あんたの依頼人の娘の話も聞いてた。雪女に助けられたのに、化け物扱いしたってな」

「だから、それがウソの可能性もあるでしょ」

「ないな」

「どうして、そう言い切れるの？」

「一つは俺にウソをつく理由がなかったこと。あんたと揉めることを予測できるわけがないからな。もう一つは、こいつ………由那の人間性だな」

秋斗さんは、視線を私に向ける。

「由那と話してればわかるだろうが、人を騙《だま》すようなタイプじゃないんだよ。頭もよくないし、要領よく生きるようなタイプでもない。バカ正直でお人好しで色気もない」

「色気は関係ないでしょ！」

思わず、秋斗さんに突っ込みを入れた。秋斗さんは、私を無視して涼子さんと会話を続ける。

「まあ、お前も少しは変だと思ってるんじゃないか？　雪女が放火するなんて」

「それは………」

涼子さんが顔を強張《こわば》らせる。

「………雪女だって、火を使うことはあるし」

「ああ。で、火が苦手の雪女がビルに残り続けた理由は？」

「………人間が死ぬところを見たかったんじゃないの？　そんなあやかしもいっぱいいい

ばいいしな」

「それなら、もっと安全で楽な殺し方がいっぱいあるだろ。雪女なんだから、凍死させれるから」

秋斗さんは淡々と涼子さんの言葉に反論する。

「まあ、これだけ説明しても、あんたは納得はしてくれないだろうから、もっと、確実な証拠を見せてやるよ」

そう言って、秋斗さんはスマートフォンの画面を涼子さんに見せた。液晶画面には、白い煙に包まれたビルの画像が表示されていた。

「これは、さっき確認したニュースだが、ビルに放火した犯人が捕まったようだぞ」

「えっ？　犯人？」

「ああ。三十代の男で、三階にあった服屋の店員にふられた腹いせに火をつけたらしい。もちろん、人間の男だ」

「あ…………」

涼子さんはぽかんと口を開けて、スマートフォンの液晶画面を凝視する。

「これで、雪女が火をつけた疑いは晴れたな」

「…………」

「おいっ？　聞こえてるか？」

「………………聞こえてるよ」

か細い声で涼子さんが言った。

「たしかに依頼人がウソをついてたのは認める。でも、そこの雪女が依頼人の娘さんを殺そうとした可能性は残ってるよね？」

「私はそんなことしてない！」

今まで黙っていた雪音さんが声をあげた。

「あの時、茶髪の女子高生を怖がらせたのは事実だよ。でも、私は人間を殺そうなんて、考えたこともないから！」

「それを信じろって言うの？」

「信じなくてもいいさ」

秋斗さんが言った。

「ただ、雪女を退治する前に、依頼人に確認をとったほうがいいんじゃないか？」

「やっと見つけた雪女を見逃せって言うの？」

「もし、この雪女が人間を殺そうとしていたのなら………………」

「なら、何？」

「あんたの仕事を俺が手伝ってやるよ」

秋斗さんはオーバーコートのポケットから白い紙を取り出し、中指と人差し指に挟んで、弾くように投げた。その紙が雪音さんの手首に絡みつき、腕輪の形に変化する。

「何？　これ？」

雪音さんが秋斗さんに質問した。

「どこに隠れていても、居場所がわかる腕輪だ。まあ、GPSみたいなものだな」

「GPS？」

「あとで由那先生に教えてもらえ。とにかく、その腕輪は俺にしか外すことができない。つまり、いつでも、お前を祓い屋の涼子さんに引き渡せるってことだ」

秋斗さんは涼子さんに向き直る。

「これで問題ないだろ？　雪女がウソをついてたのなら、蒼野神社に連絡してくれ。すぐに引き渡してやるよ」

「……………責任を持つのね？」

「ああ。でも、ウソをついてるのは依頼人のほうだと思うぞ。まあ、それでも雪女を退治したいのなら、好きにすればいいさ。別に無実の罪のあやかしを退治しても問題ないんだからな」

「そうね」

涼子さんはレザージャケットにナイフを仕舞う。

「もし、私の依頼人がウソをついてたのなら、私はこの件から手を引く」

「いいのか？」

「信用できない依頼人になるからね。それに、今更無実の罪の雪女を退治するなんて、私のプライドが許さない」

「ふーん。まあ、それはありがたいことだな」

「あくまでも、私の依頼人がウソをついていたらだからね」

「わかってる」

秋斗さんがうなずく。

「だけど…………」

「だけど、何？」

「いや。お前の中では、もう、わかってるんじゃないか？　誰がウソをついてるのかがな」

「…………」

涼子さんは私たちに背を向け、早足で去って行った。

私は溜《た》めていた息を一気に吐き出した。

――よかった。これで雪音さんが退治されることはなくなったはず。涼子さんの依頼人がウソをついているのは間違いないし。

「ありがとう。秋斗さん」

「お前がケガしたら困るからな」

「えっ？　私を心配してくれたの？」

「ああ。依頼料をまだもらってないからな」

「あ…………そ、そうだったね」

私は作り笑いを浮かべる。

「これで俺の仕事は終わりだな」

そう言うと、秋斗さんは右手を雪音さんに向ける。すると、雪音さんの手首にはめられていた腕輪が紙の形になり、秋斗さんの手に戻る。

「え？　いいの？」

私の質問に秋斗さんはうなずいた。

「あっちの依頼人がウソをついてると確信してるからな」

「それは保証するよ。私も現場にいたんだから」

「運がよかったな。あのニュースの記事がなかったら、ここまで上手くはいかなかっただろう。そして、その時は雪女は退治されてただろうな」

秋斗さんは真剣な目で私を見つめる。

「人間と関わることで、無害なあやかしが死ぬこともある」

「………だから、関わり合うなって言いたいの？」

「そうだ。お前だって、生徒のあやかしが死ぬのはイヤだろ？」

「もちろん、イヤだよ。でも、秋斗さんの考えは違うと思う」

「どうして、そう思う？」

「だって、雪音さんを助けてくれたのは、人間の秋斗さんでしょ？」

「いや、それは………」

秋斗さんが、口をぱくぱくと動かす。

「依頼された仕事と関連性があったから、結果的に助けただけだ」

「それでも、助けてくれたのは事実だよ。これって、雪音さんが人間と関わっていたから、
助かったとも言えるよね？」

「………だから、人間とあやかしが関わり合うほうがいいと？」

「それはわからない」

私は首を左右に振る。

「でも、そうなって欲しいと思ってる。だって……………」

「だって、何だ？」

「人間とあやかしが仲良く暮らす世界のほうが、きっと楽しいから」

私の言葉に、秋斗さんの目が丸くなる。

「………バカなことを考えてるな」

「そう？　楽しいと思うけどな。座敷童子や化け猫や雪女と仲良くなりたい人間は、いっぱいいると思うけど？」

「子供の発想だな」

秋斗さんは呆《あき》れた顔をして、私を見つめる。

「ほんと、お前って………。まあ、いい」

「えっ？　途中で止めないでよ。気になるじゃん」

「お前の考えなんて、どうでもいいって思っただけだ」

私の頭をポンと叩《たた》いて、秋斗さんは歩き出す。

「とにかく、依頼料を早く払えよ」

「何度も言わなくても、わかってるから！」

私は去って行く秋斗さんの背中に向かって、文句を言った。

　秋斗さんと別れた後、私と雪音さんは神楽坂《かぐらざか》に移動した。隣にいた雪音さんが真っ直ぐに結んでいた口を開く。

「学校に戻るの？」

「うん。みんな、雪音さんのこと心配してたから」

「でも、人間の勉強なんかしたって…………」

「たとえ、人間と関わらない選択を雪音さんがしたとしても、勉強はしたほうがいいよ。今の日本で生きていくならね」

「日本で生きていくなら…………か」

「それに、雪音さんはオシャレ好きだし、人間の文化には関わりたいんじゃないの？」

「…………うん」

　雪音さんは首を縦に動かす。

「それなら、ちゃんと勉強しようよ。ファッション関係のことも教えてあげるから」

「…………由那先生が？」

「あ、バカにしたな。これでも服がかわいいねって、男子に言われたことあるんだから。小学一年生の時だけど」

「それ、自慢にならないから」

　くすりと雪音さんが笑った。

「ファッションのことで、由那先生に学ぶことはないよ。それより、たい焼きおごってよ」

「たい焼き?」

「うん。この辺に美味しいたい焼き屋さんがあるんでしょ?」

「ああーっ、そういや、火事の時におごるって言ったっけ」

「そうだよ。楽しみにしてたんだから」

「じゃあ、学校に行く前に、たい焼き屋さんに寄ろうか」

「やった!」

　張りのある雪音さんの声に、私の頬《ほお》が緩んだ。

　たい焼き屋は神楽坂《かぐらざか》通りにあった。黒く塗られた店舗の前には、数人の女性の客が集まっている。

　ふわりと甘い香りが鼻腔に届いた。

「雪音っ!」

　突然、背後から、雪音さんの名を呼ぶ声が聞こえた。

振り返ると、そこにいたのは良恵さんだった。

良恵さんは、驚いた顔をしている雪音さんを抱き締めた。

「やっと見つけたよ」

「……………や、やっと？」

「うん。ずっと雪音を捜してたんだよ」

良恵さんの目に涙が浮かぶ。

「ありがとう、雪音。あなたは命の恩人だよ」

「命の…………恩人？」

「うん。雪音が氷の橋を作ってくれたから、私は死ななかったの。本当にありがとう」

「で、でも、私…………」

雪音さんは視線をそらす。

「わかってるんだよね？　私が人間じゃないって」

「…………うん。雪女…………なんだよね？」

「それなのに、逃げないの？」

「逃げるわけないよ。捜してたのは、こっちなんだから」

「だけど、ＬＩＮＥで連絡したのに、返信してくれなかったじゃん」

「火事の時にスマホはなくしたんだよ」

「なくした？」

雪音さんの質問に、良恵さんはうなずく。

「正確にはスマホを入れてたバッグを屋上に置いてったんだけどね。ほら、氷の橋を渡る時に、バッグを持って渡るのは危険だと思って」

「あ………」

思わず、私は声を出した。

——そうだ。あの時、良恵さんはバッグを屋上に置いてから橋を渡ったんだ。

「そっか。それで、雪音さんに返信できなかったんだね」

「はい。LINEのアドレスは暗記してなくて」

申し訳なさそうに、良恵さんは頭を下げた。

「ごめんね、雪音。ちゃんとメモっておけばよかったんだけど」

「じゃあ、私のことが怖くて、連絡取らなかったんじゃないんだ？」

「………うん」

良恵さんはじっと雪音さんを見つめる。

「たしかに、最初は驚いたよ。あんなことができる人間がいるはずないし。でも、そんなことは関係ないの」

「関係ない？」

「そうでしょ。雪音は何も悪いことしてない。それどころか、私たちを助けてくれた。感謝してるよ」

「怖くないの？」

「うん。雪音って人間そっくりだし、外見的にも怖いところなんて、何もないじゃん。『妖怪のはらわた』に出てきたハサミの妖怪に比べたら、百分の一の怖さもないよ」

「あれと比べるの？」

「いや、他に妖怪の知り合いなんていないし」

「言っとくけど、あんなあやかしいないから」

雪音さんはぱたぱたと手を動かす。

「手からレーザービーム出すようなあやかしなんてさ」

「そういや、レーザーでカップルを焼き殺してたよね」

二人は顔を見合わせて笑った。

「………ねぇ、良恵」

「んっ？　何？」

「まだ、私と友達でいてくれるの？」

「もちろん」

良恵さんは即答する。

「むしろ、妖怪の友達がいるなんて、素敵なことだし」

「そうなの？」

「うんっ！　私は嬉しいよ。妖怪のこと、いろいろ教えてよ」

二人の会話を聞いていた私の頬《ほお》が緩んだ。

――よかった。良恵さんは雪音さんがあやかしでも問題ないみたいだ。もともと、ホラー好きで、ちょっと変わった性格だから、よかったのかもしれない。

「ねぇ、由那先生」

雪音さんが私に声をかけた。

「良恵にも、たい焼きおごってくれるんでしょ？」

「うん。ただし、一人二個までね」

私は頭の中で計算する。

――風太くんたちの分も買ってあげよう。ハニポンは甘党だから、きっと喜ぶだろうし。

あ、でも、秋斗さんに依頼料も払わないといけないんだった。

五十万円の依頼料のことを思い出す。

――まあ、なんとかなるか。お給料は出るみたいだし。

楽しそうにおしゃべりをしながら、店内に入っていく雪音さんと良恵さんの後ろ姿を眺める。

「人間とあやかしが仲良く暮らせる世界…………か」

――難しいことなのかもしれないけど、実現できるかもしれない。それを望む人間とあやかしが増えていったら、きっと…………。

あやかし学校の生徒たちが人間と仲良く遊んでいる光景を想像して、私の頬《ほお》が緩んだ。

三話

神楽坂《かぐらざか》０丁目にある白川学校――通称あやかし学校の運動場で、私は笛を吹いた。

ピーッと甲高い音がすると同時に、座敷童子の風太くん、化け猫の小鈴ちゃん、ハニポンが走り出す。風太くんは着物の袖《そで》を振りながら、リズムよく手足を動かしている。小鈴ちゃんは人間の姿で走るのは苦手なのか、右手と右足が同時に前に出ている。ハニポンは予想よりも速く走っていた。いや、走るというよりも地面から数センチ浮いて移動している。触手のような手がゆらゆらと揺れていた。

まだ、スタート地点にいた雪女の雪音さんが私に声をかけた。

「ねぇ、由那先生。何で、私たちが走らないといけないの？」

「健康のためだよ」

私はストップウォッチを見ながら、雪音さんの質問に答えた。

「定期的に運動することで、生活習慣病の予防や筋力が維持できるの。それに自律神経を整える意味でも、体を動かすのはいいことなんだよ」

「でも、それって、あやかしも関係あるの？」

「…………多分」

「えーっ、多分でやらせてるの？」

「しょうがないでしょ！」

私は頰《ほお》を膨らませた。

「あやかしの体のことは、参考書にも載ってないし、ネットでも調べられないんだよ。アニメやゲームに出てくる妖怪の情報しか出てこないから」

「あれは、ほとんどウソだから、参考にしたらダメだよ」

「だろうね。化け猫の情報を確認したら、油を舐《な》めるって書いてあったんだよ。で、小鈴ちゃんに聞いたら、舐《な》めないって言うし」

「ふーん。油を舐《な》める化け猫の話は私も聞いたことあるなー」

「いろいろ調べると、猫は肉食獣だから、脂っこいものが食べたくて、行灯の油を舐《な》めていたって説があるみたい。その姿が化け猫に見えたのかもしれないね」

私は猫の姿に変化して、風太くんを追い抜いていく小鈴ちゃんを見つめる。

「おいっ！　卑怯だぞ、小鈴」

風太くんが走りながら、小鈴ちゃんに文句を言った。

「にゃーん」

小鈴ちゃんは可愛らしい鳴き声をあげて、一気に風太くんを引き離した。

――猫の姿になったら、小鈴ちゃんは速く走れるみたいだな。でも、これって、完全に運動場に迷い込んだ黒猫って感じだな。きっと、人間の生徒たちがいたら、盛り上がっていたかもしれない。

ふっと笑みが漏れる。

「まあ、保健の先生としては、少しでも、みんなに健康でいて欲しいからね」

「健康かぁ。あんまり考えたことなかったな」

雪音さんは口元に手を当てて、考え込む。

「雪女は病気にはならないの？」

「体調を崩して死んだ仲間はいたよ。でも、何の病気かなんて、わからなかったな。医者なんていなかったし」

「そっか。やっぱり、人間の世界とは違うんだね」

「似てるところもあるけど、それは人間の真似《まね》をしてるだけだから。家とか料理とか、服装もね」

「そういや、この学校も、人間の社会の真似《まね》か」

私は木造の校舎を見上げる。この校舎を作ったのはあやかしだろうけど、形は間違いなく、人間の学校の模倣だ。

「そう考えると、人間ってすごいのかもしれない」

「そりゃそうだよ。結局、人間が一番繁栄してるんだから」

「たしかに、人間は地球上に七十億人以上いるしなぁ」

「えっ？　そんなにいるの？」

「うん。二〇五〇年には九十八億人を超えるんだって」

「二〇五〇年ってことは……………………平成六十一、いや、六二年だね」

「計算は合ってるけど、年号は変わるから」

私は苦笑して、雪音さんの肩をポンと叩《たた》く。

「ほら、雪音さんも走って」

「えーっ？　私も走るの？」

「当たり前だよ。あなただって生徒なんだから。それに運動すると、スタイルがよくなるかもしれないよ」

「うーん。それなら、走っとくか」

雪音さんはチェック柄のスカートを揺らして、走り出した。手を下げたまま、走っているが、そのスピードはなかなか速い。

――定期的に運動をさせるのはいいと思うけど、体操服を用意したほうがいいかな。風太くんも着物姿は走りにくそうだし。

「理事長に提案してみるか………」

その時、校門に人影が見えた。目をこらすと、その人影が秋斗さんだと気づいた。秋斗さんは装束姿で右袖《そで》の部分が赤く染まっていた。

「秋斗さん！　どうしてここに？」

「比佐子に用があってな」

「理事長に？」

「ああ。ちょっと聞きたいことが…………っ！」

秋斗さんは顔を歪《ゆが》めて、左手で右腕を押さえた。

「ケガしてるのっ？」

「あやかしにやられてな。たいした傷じゃない。爪で引っかかれただけだからな」

「ダメだよ。ちゃんと手当しないと！　保健室に行こう」

「それより、比佐子に………」

「理事長の用事は後でいいでしょ」

「いや、俺は急いで………」

「いいから、ついてきて！」

私は秋斗さんの手を強引に掴《つか》んで、保健室に向かった。

保健室で、私は秋斗さんの手当を始めた。水で傷口を洗い、清潔なガーゼで圧迫止血する。筋肉のついた腕を押さえながら、私は口を開いた。

「それで、どんなあやかしにやられたの？」

「気になるのか？」

秋斗さんが、私に質問を返す。

「ケガのこともあるからね。ちょっと深い傷だから、ばい菌を持ってるあやかしだったら、危険だから」

「そこまでわかるわけないだろ。あやかしなんて、この世にいないと思われてるんだから、その手の研究はされてない」

「それなのに、祓い屋って仕事はあるんだね」

「一部の人間は知ってるからな。実際にあやかしは存在していて、人間に悪さをすることがあると」

「秋斗さんにケガさせたあやかしも悪いことしたの？」

秋斗さんは私の顔を見ながらうなずく。

「依頼主の孫の高校生がケガさせられたらしい。いっしょにいた友人二人もな」

「それで、退治を依頼されたんだ」

「ああ。やっと見つけたんだが、予想以上に面倒なあやかしでな」

秋斗さんは短く舌打ちをした。

「攻撃力はあまりないんだが、近づくと、こっちの霊力が打ち消されるんだ」

「打ち消されるってことは、秋斗さんの紙の技が使えないってこと？」

「そうだ。見たことがないタイプのあやかしでな。それで…………」

「私に情報を聞きにきたってわけね」

半分開いていた扉から、理事長が顔を出した。

理事長は穏やかな笑みを浮かべて、秋斗さんに歩み寄る。

「お久しぶりね。秋斗さん」

「ああ。相変わらず元気そうだな」

「ええ。まだ、四百歳ちょっとだから」

そう言って、理事長は秋斗さんの腕を押さえている私を見る。

「あらあら。仲がいいのね」

「ちっ、違いますよ。これは圧迫止血ってやつで、こうやって、傷口を強く押さえて血を止めてるんです」

否定をした私の声が何故か上擦《うわず》る。

「変なこと言わないでくださいよ」

「でも、もう血は止まってるんじゃないの？」

「あ………そ、そうみたいですね」

私は慌てて秋斗さんの腕から手を離す。

「一応、軟膏塗っておくから。薬にアレルギーとかないよね？」

「ないし、そこまでしなくていい」

「ダメだよ。小さな傷でも、ちゃんと処置しておかないと！　というか、前に私がケガした時、秋斗さんが言ってたよね。ちゃんと消毒しておけって」

「あれは………」

「ほらっ、じっとしてて」

私は棚から軟膏を取り出して、秋斗さんの腕に塗る。

「俺はお前の生徒じゃないんだが」

「そんなの関係ないでしょ。ケガした人がいるのなら、助けるのは当たり前だし」

「………こんなことしても、依頼料は安くしないからな」

「わかってるよ！　お給料が出たら、ちゃんと払うから。分割で………」

「分割って、月いくら払うつもりなんだ？」

「えーと………月三万………いや、二万五千にして」

「二十回払いか」

「いいでしょ。どうせ、お金には困ってないんだろうし」

理事長はにこにこと笑いながら、私たちの会話を聞いている。

「おい、比佐子。笑ってないで、情報を教えてくれ」

「あ、そうだったわね。霊力を打ち消すあやかしのことだけど、秩父の山に、そんなあやかしの一族がいたわ。白い毛が生えていて、毛玉のような」

「そいつだ。目が大きくて、ぬいぐるみみたいな感じだった」

「なら、間違いないでしょうね。たしか、白獣《はくじゅう》って呼ばれていたはず」

「白獣か………。で、弱点はあるのか？」

「………それを、あやかしの私に言わせるの？」

理事長が深く息を吐き出す。

「あんまり、話したくない情報ね。それが漏れると、無害な白獣が祓い屋に殺されるかもしれない」

「わかってるだろ？　俺はそんなことはしない。情報も漏らす気はないし、封印するのは、人間に危害を加えた白獣だけだ。そういう約束で、お互いに争わないと決めたんだから」

「………そうね。約束は守らないと」

数秒間、沈黙した後、理事長は重い口を開いた。

「伽羅《きゃら》よ」

「香木か」

「ええ。伽羅の香りを嗅がせることで、白獣の能力が失われると聞いたことがある。数十年前の情報だけどね」

「………わかった。感謝する」

秋斗さんは理事長に向かって、頭を下げる。

「心配するな。俺も約束は守る。封印するのは一匹だけだ」

秋斗さんの切れ長の目がすっと細くなった。

秋斗さんが帰ると、私は理事長に声をかけた。

「理事長は秋斗さんに協力してたんですね？」

「お互いにね」

理事長はイスに腰を下ろす。

「あやかしにとって祓い屋は危険な相手なの」

「それはわかります。だって、退治されちゃうんだし」

「そんな祓い屋が日本には千人以上いるの」

「えっ？　そんなにいるんですか？」

「流派も十以上あるわ」

「そう言えば、前に武田流の祓い屋を見たことがあります」

私は涼子さんのことを思い出す。

「あの時は、雪音さんを見逃してくれたんです」

「それは運がよかったわね。普通は問答無用に殺されるだけだから」

「何もしてないあやかしもですか？」

「ええ。でも、秋斗さんは違う。無害のあやかしを退治することもないし、人間に危害を加えたあやかしも封印するだけ。だから、私は秋斗さんに協力することにしたの。三年前からね」

「そうだったんですね」

「あやかしの中には、死体を残さずに消えるタイプも多いから、依頼人に退治したことを証明するため、壺に封印するなんて言ってたけど、そんな面倒なことをしてる祓い屋なんて、ほとんどいないから。秋斗さんの本音はあやかしを殺したくないんでしょうね」

「なるほど………」

私は秋斗さんの姿を思い出す。

――たしかに、秋斗さんはあやかしを壺に封印してた。それって、殺してないってことだし、本当は優しい人なのかもしれない。でも、あやかしからしたら、どうなのかな? 封印されるのもイヤだろうし。

「………理事長は秋斗さんにあやかしが封印されてもいいんですか?」

「人間との共存を目指すなら仕方がないことだと思ってるわ」

きっぱりと理事長が答える。

「私はね、これでも強い霊力を持つあやかしなの」

「え、ええ。九尾の狐が強いことは妖怪辞典にも書いてありましたから」

「それに、この地域にも長く棲《す》んでいる。そんな私が人間と共存することを選んだの。その意見に賛同してくれるあやかしもたくさんいた。でも、邪骨のように私の意見に逆らうあやかしもいる。人間など殺して構わないってね」

その言葉に、私の口の中が乾く。

「だから、秋斗さんが退治しようとするあやかしは、同じあやかしでも私の敵になるってわけ」

「敵ですか？」

「ええ。人間だって、そうでしょ？　同じ種族なのに国ごとに争っているし、人間が人間を殺すこともある。平和な日本でも毎日のように殺人事件は起きてる」

「そう……ですね」

「まあ、全てのあやかしと人間が仲良くなるのは無理ってこと」

理事長の白い眉が眉間《みけん》に寄る。

「でも、その数を増やすことはできる。そして、数が増えれば、お互いに幸せになれるはずよ」

「数が増えれば……か」

「そのためにも、由那先生には頑張ってもらわないとね。少しでも多くのあやかしが人間と共存して、幸せに暮らせるように」

「あやかしのことを何も知らない私には荷が重いですよ」

「ううん。由那先生はちゃんとあやかしのことを勉強してるでしょ。授業が終わった後も、私にいろいろ質問してくるし。だいぶ、あやかしの知識も増えているはずよ」

「私なんて、まだまだですよ。もっと、あやかしの知識を増やさないと、養護教諭の仕事も上手くやれてないし」

「そうなの？」

「はい。今のままだと、生徒たちがケガをした時に、ちゃんと対処できないし。あ、そうだ。授業が終わった後、あやかしに効く薬を教えてください。かかる病気のこととかを知りたいんです」

「ええ。喜んで」

理事長は成長した子供を見るような目で、私を見つめた。


次の日の放課後、私は毘沙門天の近くにある薬局に小鈴ちゃんと向かった。広い店内には、十数人の客がいて、棚には多くの薬が整然と並べられていた。

小鈴ちゃんが、サプリメントの棚を指差す。

「由那先生、これは何？」

「それは、サプリメントだね。栄養補助食品かな」

私はプラスチック製の容器に入ったビタミン剤を手に取る。

「ビタミンやアミノ酸を摂取することができるの」

「それって、美味しいの？」

「美味しくはないかな。でも、健康のために毎日飲んでる人も多いんだよ。あやかしには関係ないみたいだけどね」

「じゃあ、何で薬屋さんに来たの？」

「理事長があやかしにも効く薬を教えてくれたんだ。それを買いに来たんだよ」

私は漢方薬のコーナーに向かう。

——漢方薬の中に、あやかしに効く薬が多いってわかったのは収穫だな。とりあえず、傷薬系と頭痛と腹痛系は買っておこう。それと、包帯とガーゼも追加しておくか。今日、秋斗さんのケガで使っちゃったし。

カゴの中にメモしておいた薬を放り込んでいると、棚の陰で何かが動いた気がした。

「あれ？」

「どうしたの？　由那先生」

「いや、今、白いものが動いた気がして…………」

私は目薬が並んだ棚に、そっと近づく。

しかし、その周辺には誰もいなかった。

「………気のせいだったかな」

「由那先生っ！」

小鈴ちゃんが魚の形をしたクッキーを持ってきた。

「これ欲しいの」

「へーっ、鉄分とカルシウムが入ってるクッキーか。うん、いいよ。今日、理事長から、お給料ももらえたし」

「ありがとう、由那先生」

小鈴ちゃんの瞳《め》がきらきらと輝く。

――気軽に生徒におごってあげることができるのは、あやかし学校のいいところかもしれないな。人間の学校だと、先生が生徒に何かあげて問題になることもあるし。

「あ、そうだ！」

私は財布から二百円を取り出して、小鈴ちゃんに渡した。

「せっかくだから、買い物やってみようよ」

「えっ？　私が買うの？」

「そう。買い物はまだやったことがないよね？」

「………うん」

小鈴ちゃんは不安げにレジを見る。レジにはエプロンをつけた二十代後半の女性が立っていた。

「大丈夫だよ。小鈴ちゃんの姿はかわいい小学生の女の子に見えるから」

「でも…………」

「自信持って。買い物の仕方も授業で教えたよね？　買いたい物とお金を出して、おつりをもらうの」

「…………わかった。やってみる！」

小鈴ちゃんは真剣な顔をして、レジに向かった。

「こ、こんにちは」

「あ、はい。いらっしゃいませ」

女性の店員が小鈴ちゃんに挨拶を返す。

「私は人間の小鈴です」

その言葉に、私は顔を手で覆《おお》った。

——そんなこと言わなくていいのに。

しかし、店員は、あまり気にしていないようだ。小鈴ちゃんのことを、買い物に慣れていない小学生だと思っているのだろう。

「そのクッキーを買うの？」

「にゃっ、買います」

そう言って、小鈴ちゃんは二百円をレジカウンターに置いた。

「これがお金です」

「はい。少々お待ちください」

店員はクッキーをレジ袋に入れて、おつりといっしょに小鈴ちゃんに渡す。

「ありがとうございました。また来てね。お嬢ちゃん」

「う、うん。バイバイ」

小鈴ちゃんはクッキーの入ったレジ袋を抱えて、私のところに戻ってきた。

「買えたよ、由那先生」

「よかったね。ちょっと気になるところはあったけど、あやかしってバレてなかったよ」

「ほんと？」

「うん。ばっちり」

私は小鈴ちゃんを抱き締める。

――授業で買い物の仕方を教えておいてよかった。この調子で、人間の社会に違和感なく溶け込めるようにしてあげないと。

小鈴ちゃんと別れた後、私は自分の家に向かった。

──薬は明日、学校に持っていけばいいか。領収書はちゃんともらっているから、理事長がお金を払ってくれるはずだし。

──そういや、理事長って、どこからお金を手に入れてるんだろう？　風太くんたちから、授業料もらっているわけでもなさそうだし。今度、聞いてみようかな。

そんなことを考えながら、細い石段の道を歩く。

突然、スマートフォンから着信音が鳴った。

通話ボタンを押すと、熊本の実家にいる母さんの声が聞こえてきた。

『あーっ、由那！　元気にやっとる？』

「なんとかね。で、どうかしたの？」

私は足を止めて、母さんと会話を始めた。

『いやね。あんた、看護師のバイト辞めたんやろ？』

「あーっ、うん。それがどうかしたの？」

『最近、仕事場で知り合った村上さんって人がね、私立の中学校で理事長やってるのよ。で、あんたのことを話したら、雇ってあげてもいいって』

「えっ？　それって、保健の先生でってこと？」

『そうそう。今の先生が結婚して、専業主婦になるんだって。だから、ちょうどいいって言われたのよ』

「う…………ウソ」

『あんたにウソつく意味なんてないでしょ。しかも、こんな大事な話を』

「あ、ああ、そうだね」

自分の心臓の音が速くなる。

『ってわけで、近いうちに帰って来れない？』

「それなら、すぐに…………あ…………」

『どうかしたの？』

「…………いや。今、ちょっと仕事をしてて」

『何の仕事？』

母さんの質問に、私は口ごもる。

「ま、まあ。学校関係の仕事ではあるんだけど…………」

『変な言い方ね。で、その仕事って、ちゃんとした仕事なの？　福利厚生は？　ボーナスは出るの？』

「そのへんは……………いまいちかも」

『それなら、さっさと辞めて帰ってきなさいよ。で、熊本で保健の先生やればいいじゃない?』

「うーん。でも……………」

私の脳裏に、風太くん、小鈴ちゃん、ハニポン、雪音さんの姿が浮かび上がる。

『とにかく、今月末までに返事ちょうだい。断るのなら、早くしないと村上さんに悪いからね』

「う、うん。わかった」

通話が切れると同時に、私は息を吐き出した。

――まさか、母さんが就職の斡旋をしてくれるなんて、予想外の展開だな。しかも、熊本なら実家から通えるかもしれない。親戚も多いし、高校時代の友達もいっぱいいる。

「でも、そうなったら、ここにも来れなくなるか……………」

私は神楽坂《かぐらざか》通りのケヤキ並木に視線を向ける。

――神楽坂《かぐらざか》って、美味しい店も多いし、いいところなんだよな。駅も近いから車も必要ないし。それに……………。

一瞬、秋斗さんのことを思い出す。

「秋斗さんとも会えなくなるんだよな…………って、それは別に悲しむようなことじゃないし！」

私は頭の中にいた秋斗さんを首を振って追い払う。

――秋斗さんのことを考えるより、あやかし学校の生徒たちのことを考えないと。私が先生を辞めたら、誰が人間のことを教えられるんだろう？　まだ、新しい先生も見つかってないし。

その時、黒い塀の陰から、白い毛が生えた丸い物体が現れた。それは背丈が五十センチ程あり、目はルビーのように赤く、短い手足にも白い毛が生えている。

「あ…………」

私は理事長と秋斗さんが話していた白獣の特徴を思い出した。

――このあやかし…………白獣だ。

全身の血が一気に冷えた。

――ヤバイ。白獣は祓い屋の秋斗さんでも手を焼くあやかしだ。逃げないと。

白獣の口が裂けるように開いた。三角形の尖《とが》った歯がサメのようにずらりと並んでいる。

「お前…………医者？」

たどたどしい言葉で、白獣は私に質問した。

「薬……買ってたな」

「あ、い、いえ。私は養護教諭……保健の先生です」

「保健?」

白獣は私の言葉が理解できなかったようだ。

「保健の先生……ケガ治せる?」

「……あなた、ケガしてるの?」

「白玉《しらたま》……ケガしてない。友達……ケガしてる」

どうやら、白獣の名前は白玉のようだ。

「お前が治せたら……殺さない」

「それって、治せなかったら、殺すってこと?」

「……そうだ。白玉は強い。祓い屋も……殺せる」

白玉の言葉に、口の中がからからに乾いた。

「ついてこい」

白玉は短い足を動かして歩き出す。

周囲を見回すが、人の姿はない。

——いや、人は呼べない。他の人に白玉の姿は見えないはずだし、こいつは危険なあやかしだ。巻き込むわけにはいかない。

私はトートバッグから、スマートフォンを取り出した。

――秋斗さんに連絡するしかない。

通話ボタンを押そうとした瞬間、白玉がくるりと振り返った。

「その機械は…………ダメだ」

「え？　ダメ？」

「白玉知ってる。それ…………人間を呼ぶ機械」

「…………」

「殺されたいか？」

私は震える手でスマートフォンをトートバッグに戻す。

――今はダメだ。隙を見て電話するしかない。チャンスを待つんだ。


十五分程歩いて、白玉は私を裏路地にあるビルに連れ込んだ。そこは取り壊し中のビルで、中にはゴミが散らかっていた。

「こっちだ」

白玉はボールが弾むような動きで、薄暗い階段を上がっていく。

三階の一番奥にある部屋に入ると、正面にひびの入った窓ガラスがあった。そこから、居酒屋の光る看板が見えている。その灯りが資材が積み重なった部屋の中を淡く照らしていた。

「ワンっ！」

突然、部屋の隅から犬の鳴き声が聞こえてきた。

「え？　犬がいるの？」

「白玉の友達」

白玉は白い毛に覆《おお》われた短い手で、段ボール箱を指差した。

近づいて段ボール箱の中を覗《のぞ》き込むと、汚れた毛布の上で子犬が横たわっていた。

子犬は雑種のようで、外見は芝犬に近い感じがした。赤い首輪をしていて、左の前脚に黒い血がこびりついている。

子犬は私を見上げて体を震わせた。少し怯えているようだ。

「大丈夫だよ」

私は優しい声を出して、段ボール箱の前にしゃがみ込む。

——首輪がついているってことは、迷い犬なのかな？

「ううーっ………」

子犬が威嚇の声を出した。

「怖がらないで。何も痛いことはしないから」

私は子犬を刺激しないように、そっと手を伸ばす。

「ほら、大丈夫」

指先で軽く子犬の頭に触れる。

「………ワン」

子犬は私に敵意がないことを理解したようだ。うなり声が聞こえなくなった。

「友達………治せるか？」

白玉が私に質問する。

「待って。とりあえず、傷口を見てみるから」

私は子犬の前脚をチェックした。

「………血はもう止まっているけど………脚が折れてるみたい」

「折れてる？」

「骨が折れて、歩くのが難しくなるの」

「それはダメだ。治せ」

「治せって言われても………」

私は薬の入ったトートバッグに視線を向ける。

――傷のほうは、水で洗って消毒すればなんとかなると思うけど、骨折のほうが問題だな。とりあえず、応急処置だけはやっておこう。

「ねぇ、水が欲しいんだけど」

「これでいいか？」

白玉は壁際に並べられていたペットボトルを持ってきた。

「う、うん。でも、これ、どうやって手に入れたの？」

「近くの店から盗ってきた」

白玉は自慢げに答える。

「…………とりあえず、その水ちょうだい」

私は白玉からペットボトルの水を受け取り、キャップを回す。

――盗ったお店を教えてもらって、後で払いに行こう。今は子犬の治療のほうが先だ。

トートバッグから、買ったばかりのガーゼを取り出し、水で濡らす。

「ちょっとだけ我慢してね」

濡れたガーゼで血のついた毛を拭う。

子犬の体がぴくりと反応した。

「なるべく痛くしないようにするから」

「ぐぅ………うう………」

子犬はうなり声をあげたが、暴れる様子はなかった。

「よし！　いい子だね」

私は優しく声をかけながら、治療を続けた。段ボールを切って副え木の代わりにして、包帯で固定した。

「とりあえずは、これでいいかな」

「治ったのか？」

「ううん。骨が再生するまで時間がかかるから。でも、これぐらいなら、すぐに歩けるようになると思う」

「そうか。それなら、お前を殺すのは止める」

白玉はそう言って、子犬を優しく撫《な》でる。

「よかったな」

「ワンっ！」

子犬は白玉の伸ばした手をぺろぺろと舐《な》め始めた。

「また、美味い食い物を持ってきてやる」

「ね、ねぇ」

私は白玉に声をかけた。

「あなた、白獣だよね？　秩父の山に棲《す》んでる」

「そうだ。仲間がいなくなったから………こっちに来た」

「いなくなった？」

「みんな………死んで白玉だけになった」

「あ………そうなんだ」

「白玉、ひとりぼっちになった」

白玉の声が暗くなった。

「でも、こいつと仲良くなれた。こいつもひとりぼっち」

「この子犬とは、どこで知り合ったの？」

「公園で人間に殴《なぐ》られてたので、白玉が助けた」

「えっ？　殴《なぐ》られてた？」

私はまぶたをぱちぱちと動かす。

「ちょっと待って。それって、高校生？」

「高校生がわからない」

「あ、そっか。えーと、人間がその子犬を殴《なぐ》ってたんだね？　それをあなたが助けたってこと？」

「そうだ」

白玉は丸い体全体を使ってうなずく。

「それじゃあ……悪いのは人間じゃ」

私は秋斗さんから聞いた白玉の情報を思い出す。

――たしか、依頼人の孫の高校生が、白獣……白玉にケガさせられたって、秋斗さんは言ってた。それは事実みたいだけど、原因は高校生のほうにあるのかもしれない。

私はまじまじと白玉を見つめる。

――このあやかし……本当に危険なあやかしなのかな？　殺すって言ってるわりには、殺意がない気がする。

「あ、そうだ。ちょっといいかな」

私は子犬の首輪を外して、裏側を見た。そこには、電話番号と子犬の名前らしき『チロ』という文字が書かれていた。

「よかった。連絡先が書いてある」

「連絡先？」

「この子犬……………チロには飼い主がいるんだよ」

「それは、ひとりぼっちじゃないってことか？」

「う、うん。この子は迷子だと思う」

「…………そうか。迷子だったか」

白玉は寂しそうな目で、チロを見つめる。

「それなら、仲間のところに戻ったほうがいいんだろうな」

「そのほうが、チロも喜ぶと思うよ」

「…………わかった。そうする」

白玉は素直にうなずく。

――やっぱり、このあやかし…………悪い子じゃなさそう。

「あ、あのさ、昨日、祓い屋の男の人にケガさせた？」

「紙を使う祓い屋か？」

「そう。背が高くて装束姿の」

「そいつとは戦った。爪で引っ掻《か》いてやったぞ」

「その時に、高校生が犬をいじめてたって説明した？」

「説明って何だ？」

白玉は丸い体を僅《わず》かに右に傾ける。

「うーん。じゃあ、祓い屋に何か言われた？」

「どうして人間にケガさせたか聞かれた」

「それで、何て答えたの？」

「難しい言葉が多くて、よくわからなかった。面倒になったから、お前を殺すって言った」

「そんなこと言ったんだ………」

私は眉間《みけん》にしわを寄せて、頭を抱えた。

——ちゃんと事情を説明すれば、秋斗さんなら、わかってくれたかもしれないのに。それじゃあ、危険なあやかしって思われてもしょうがないよ。

「ねぇ。白玉は人間を殺したい、とかは思ってないんだよね？」

「殺したい？」

「うん。人間を殺すのが楽しいみたいな」

「楽しくない」

白玉は当然のように答えた。

「じゃあ、人間が嫌いなの？」

「嫌いじゃない。だが、刃向かうのなら殺す」

「人間を殺したこと……あるの？」

その質問に、白玉は丸い体を左右に振った。

「爪で引っ掻《か》くけど、人間死なない」

――そういや、攻撃力はあまりないって、秋斗さんが言ってたな。

「あのさ、人間を殺さなくてもいいんじゃないかな」

「何故だ？」

「たしかにチロをいじめてた高校生はよくないと思う。でも、殺さなくても話し合えば、なんとかなるよ」

「そうなのか？」

「うん。私だって、ちゃんとチロのことを説明してくれれば、殺すなんて言われなくても、ここに来たよ」

私はしゃがんで、白玉の体に触れる。

「白玉は人間と仲良くしたいって思わない？」

「仲良く……」

「そう。人間も悪い子ばかりじゃないよ。もし、白玉が人間と仲良くなりたいのなら、あやかし学校に来てみない？」

「あやかしの学校があるのか？」

「うん。私が先生をやってるんだ。人間のことをいろいろ教えてあげられるよ」

「白玉もそこに行けるのか？」

白玉の質問に、私は大きくうなずいた。

「理事長に聞いてみないとわからないけど、多分、大丈夫だと思う。秋斗さんも説明すれば、わかってくれるはずだし。あ、秋斗さんはあなたがケガさせた祓い屋ね」

「紙を使う男か？」

「うん。祓い屋だけど、悪いことしてないあやかしは退治しないんだよ」

「白玉はあいつを殺そうとした」

「でも、これから人間に危害を加えないって約束してくれたら、私が秋斗さんを説得するから」

「そんなことをして、お前は楽しいのか？」

「…………楽しいとは違うかな」

少し悩んで、私は答えた。

「私には、あなたが悪いあやかしに見えないの。人間をケガさせた理由もわかったし、ケガをしたチロを救おうとした。だから、あなたを助けたいの」

「………お前、人間なのに、あやかしの味方するのか？」

「人間と仲良くなれるあやかしがいるって、わかったからね」

「白玉も人間と仲良くなれるのか？」

「もちろんだよ」

私は両手で白玉の肩らしき部分を掴《つか》む。まるで猫の毛に触れたかのような柔らかさと温かさがあった。

「ねぇ、私を信じてくれないかな」

「信じる？」

「そう。人間と争うより、仲良くしたほうがいいと思わない？」

「………そうだな」

白玉は自分に言い聞かせるようにうなずく。

「お前、名前は何だ？」

「私は如月由那。あやかしの生徒たちは、由那先生って呼んでるよ」

「わかった。由那先生を信じて、人間と仲良くする」

「ほんとに？」

「本当だ。約束する。白玉は、もう人間を傷つけない」

その言葉に、私は胸を撫《な》で下ろす。

「ありがとう、白玉」

——よかった。これで白玉を助けることができる。と、その前に、チロの飼い主に連絡してあげないと。

私はスマートフォンを取り出した。


首輪に書いてあった番号に電話すると、すぐに飼い主と連絡がついた。

飯田橋駅の前で段ボール箱に入ったチロを渡すと、飼い主のお婆さんは涙を流して喜んでくれた。

チロは散歩の途中に逃げ出したらしい。

私はお婆さんに前脚のケガのことを説明して、病院に行くように伝えた。

別れ際に、チロは私の隣にいる白玉に向かってしっぽをぶんぶんと振った。

その姿を、白玉は寂しそうな目で見つめていた。


蒼野神社に行くと、鳥居の前に秋斗さんが立っていた。

既《すで》に周囲は暗くなっていて、周囲のビルから漏れる灯りが、秋斗さんの装束姿をぼんやりと照らしている。

　秋斗さんは私の隣にいた白玉をちらりと見る。

「で、由那に聞いたが、お前が高校生にケガさせたのは、いじめられてた子犬を助けるためか？」

「そうだ」

　白玉はきっぱりと答えた。

「あいつらは白玉の友達を投げてケガさせた。だから、殺すことを決めた。でも、逃げられた」

「殺す…………か」

「秋斗さん！」

　私は秋斗さんの着物の袖《そで》を掴《つか》む。

「白玉は、よくわかってないんだと思う。私も殺すって言われたけど、この通り、何もされてないし」

「だが、こいつが人間に危害を加えたことは間違いない。俺もケガさせられたしな」

「それは、秋斗さんもいけないんだよ」

「俺が悪いって言うのか？」

秋斗さんの整った眉がぴくりと動く。

「たしかに白玉の行動はよくないよ。でも、ちゃんと話せば、白玉が高校生にケガさせた理由もわかったはずだし」

「あやかし相手に、そこまでやれと？」

「何も悪いことしてないあやかしを退治するのは、よくないことでしょ」

「前にも言ったはずだ。無害なあやかしを退治しても問題ない」

「だけど、秋斗さんは悪いあやかししか、封印してないんでしょ？」

「……………ちっ！」

秋斗さんは、険しい顔をして舌打ちをした。

「俺はあやかしの味方ってわけじゃない。ただ、無害なあやかしを封印すると、寝覚めが悪いだけだ」

「ってことは、白玉を封印するのは止めるってことでいいよね？」

「こいつが人間にケガをさせたのは事実だ」

「でも、依頼人がウソをついてたのも事実だよね？」

私の問いかけに、秋斗さんは不機嫌そうにうなずく。

「この前、涼子さんに言ってたよね。依頼人のウソを信じて、無実のあやかしを退治したら、笑い者になるって」

「俺は流派の看板を背負ってるわけじゃないし、笑い者になっても、何の問題もない。それにな」

秋斗さんは白玉をじっと見つめる。

「お前、本当に人間に危害を加えないのか？」

「白玉は人間と仲良くする」

きっぱりと白玉は言った。

「白玉、人間殺さないって決めた。さっき、由那先生と約束した。白玉は、もう人間を傷つけない」

「本当か？」

「本当だ。白玉、ウソつかない」

「……………はぁ」

秋斗さんは深いため息をついた後、柔らかな髪を無造作にかきあげる。

「わかった。今回の依頼は断ることにする」

「えっ？　依頼人と話さなくていいの？」

「こいつがウソをついてないのがわかったからな」

「どうしてわかるの？」

「こいつは、特殊能力で霊力を無効化できる危険なあやかしだ。だが、戦い方や発言から、頭がいいタイプじゃないのがわかる。そんな奴が子犬をいじめてたなんて、ウソをつけるわけないからな」

もう一度、ため息をついて、秋斗さんは言葉を続ける。

「依頼料は高かったんだがな」

「ありがとう。秋斗さん」

思わず、私は秋斗さんの手を握る。

「別にお前のために依頼を断るわけじゃない。それから、こいつをしっかりと教育しておけよ」

「わかってる。ちゃんと学校で道徳の授業もやるから」

「それにしても…………」

「んっ？　何？」

「最初はあやかしの学校の先生なんて、嫌がってたように思えたんだがな。今は楽しそうに見えるぞ」

「…………うん」

少し悩んで、私はうなずく。

「たしかにあやかしの学校で保健の先生をやるなんて、最初はためらいがあったよ。しかも、人間のことを教える授業もやらないといけないなんて、ありえないってね。でも、実際にあやかしたちの先生をやってると、毎日が充実してるんだ。わからないこともいっぱいあるし、やることは山のようにあって、寝不足だけどね」

「あやかしと関わることで、つらい目に遭うかもしれないぞ？」

「それは、普通に暮らしてても同じでしょ？　人間同士のつき合いだって、トラブルは起こるから」

「……………まあな。あやかしとつき合っていく覚悟を決めたのなら、問題ない。お前の人生だし、好きにするといいさ」

そう言って、秋斗さんは肩をすくめる。

「それにしても、準備が無駄になったな」

「準備って？」

「伽羅だよ。白獣対策に匂い袋を用意してたんだが」

「伽羅って高いの？」

「いいものなら、一グラムで数万円ってところだな」

「へぇーっ、そんなにするんだ」

「由那先生の借金にプラスしておくから、よろしくな」

「えっ？　私が払うの？」

「お前のせいで、百万単位の金が入ってこなくなったんだぞ。それぐらい払え」

「…………わかったよ。その代わり、利息なしだからね」

私は頬《ほお》を膨らませて、秋斗さんを睨《にら》みつけた。


次の日の朝、私は理事長に白玉の話をした。

「…………というわけで、白玉をうちの学校の生徒にしたいんですけど」

「なるほどね」

理事長は湯気の立つ茶碗を理事長室の大きな机の上に置く。ふわりと玉露のいい香りが漂ってくる。

「まあ、白玉が人間と仲良くしたいのなら、問題ないわ」

「それは大丈夫です。白玉は人間を傷つけないと約束してくれましたから」

「それで、白玉はどこにいるの？」

「取り壊し中のビルですね。明日、学校に連れてきます」

「どんどん生徒が増えていくわね」

理事長は目を細めて笑う。

「この調子なら、すぐに他の教室も使うことになりそう」

「その時は、先生を増やしてくださいよ。一人で二クラスは絶対に無理ですから」

「はいはい」

適当な返事をして、理事長は茶碗に入った玉露を飲み始めた。


授業が終わると、私は昨日のビルに向かった。

立ち入り禁止の黄色いテープが貼られた入り口をくぐり抜け、薄暗い階段を上がる。

その時、三階から微かな音が聞こえた。

半開きになった扉から、音がした部屋を覗《のぞ》くと、そこには黒い杖を持った中年の男性が立っていた。男性は色黒で、がっちりとした体格をしていた。薄くあごひげを生やしていて、革製のジャケットを着ている。

男性も私に気づいたようだ。

私はおずおずと男性に近づく。

「あなた………誰？」

「お前こそ誰だ？」

男性は私の質問に質問で返した。

「わ、私は如月由那。保健の先生です」

「保健の先生が何でこんなところにいる？」

「それは………」

白玉のことを話していいのかわからずに、私は口をぱくぱくと動かす。

「まあ、いい。ここにいるとケガをするぞ。手負いのあやかしがいるからな」

「手負い？　手負いって、白玉がケガしたの？」

「白玉？　お前、あのあやかしを知ってるんだな？」

男性の太い眉が吊り上がった。

「俺はフリーの祓い屋の黒田《くろだ》だ。依頼を受けて、危険なあやかしを退治しにきた」

「依頼って、秋斗さんが断ったんじゃ………」

「ああ、前の祓い屋のことか。そいつが依頼を断ったから、俺が引き受けることになったんだ」

「待って！　白玉は危険なあやかしじゃないから」

「………お前は祓い屋じゃなさそうだが、あやかしが見えるようだな」

黒田さんは、鋭い視線で私を見つめる。

「ここに棲《す》みついていたあやかしが人間を襲ってケガをさせたことを知ってるのか？」

「知ってるよ。でも、それは依頼人の孫の高校生が悪いんだよ」

私は黒田さんに事情を説明した。

「…………だから、白玉は悪くないんです」

「それがどうした」

黒田さんは野太い声で言った。

「お前の言ってることが正しいとしても、あやかしを殺すことに何の問題もない」

「人間が悪くても？」

「当然だ。それに、これはビジネスだからな。俺はあやかしを殺して、金を稼いでるんだ。もう十年以上もな」

黒田さんの体から、お線香のような独特の香りがしてきた。

「この香りは…………」

「ああ。これはな…………」

黒田さんはポケットから匂い袋を取り出す。

「この匂い袋に白獣の能力を打ち消す伽羅が入っている」

「えっ？　どうして、伽羅のことを知ってるの？」

「この手の情報を人間に売るあやかしがいるのさ」

「情報を売るあやかし？」

「そうだ。金があれば、住む場所も美味い食い物も手に入る世の中だからな。人間の世界に紛れ込んだあやかしにとって、金は最優先に必要なものだ」

　黒田さんの唇が片方だけ吊り上がる。

「白獣はこっちの霊力を打ち消す力を持ってるが、それを無効化すれば、弱いあやかしだからな。こんな楽な仕事を断るなんて、秋斗って祓い屋はバカだな」

「秋斗さんはバカじゃない！」

　私は黒田さんを睨《にら》みつける。

「秋斗さんは白玉が人間を傷つけないって約束したから、依頼を断ったんです」

「それなら、大バカだ。そんな約束、あやかしが守るわけ…………んっ？」

　黒田さんはあごひげに触れながら考え込む。

「…………そうか。だから、あいつは俺に攻撃してこなかったわけか」

「えっ？　攻撃って何？」

「さっき、白獣と戦ったのさ。残念ながら、もう一歩のところで逃してしまったが」

そう言って、黒田さんは持っていた杖の上部に視線を向ける。そこには、赤い血がべったりとついていた。

「ま、まさか、その杖で白玉を殴《なぐ》ったの？」

「殴《なぐ》ったさ。そうやって殺すのが俺の仕事だからな」

「そんな……」

体中の血が一気に冷えた。

「白玉はどこにいるの？」

「それがわかってたら、さっさと殺してる」

「白玉は殺させないから」

「俺の仕事を邪魔する気か？」

黒田さんが暗い声を出して、私に一歩近づく。がっちりとした体が、一回り大きくなった気がした。

「お前が仕事の邪魔をするのなら、容赦はしない」

「そんな脅しで、私が引き下がると思ってるの？」

私はこぶしを固くして、黒田さんの視線を受け止める。

「白玉は私の大切な生徒なの。絶対に殺させないから！」

「…………殺させないか。まあいい。どうせ、お前には何もできないんだからな。ほらっ、どけよ！」

黒田さんは私を押しのけて部屋から出ていった。

私は溜《た》めていた息を一気に吐き出して、額《ひたい》の汗を拭った。

――秋斗さんが依頼を断るって言ってたから、もう大丈夫だと思ったのに。

視線を動かすと、コンクリートの床に血痕があった。

「白玉っ！　いるの？　白玉！」

私の声だけが、部屋の中に響く。

私は唇を噛んで、ひびの入った窓ガラスに視線を向ける。既《すで》に外は暗くなっていて、居酒屋の看板が黄白色に輝いている。

――早く白玉を見つけて、手当してあげないと。

私は白玉の名前を呼びながら、ビルの中を歩き回った。しかし、白玉は見つからない。

「外に逃げたのかな」

私は早足でエントランスに向かう。

その時、スマートフォンから着信音が鳴った。

液晶画面を確認すると『秋斗さん』と表示されている。

通話ボタンを押すと同時に、秋斗さんの声が聞こえてきた。

『問題が発生した』

「依頼人が新しい祓い屋を雇ったんでしょ」

『知ってたのか?』

「さっき、話したよ。あごひげを生やしたプロレスラーみたいな体格の人で、名前は黒田さん」

『話したってことは、白玉を見逃せって言って断られたんだな』

「うん。依頼人の孫の高校生が子犬をいじめてたことも話したけど、『それがどうした』って言われたよ」

『普通の祓い屋なら、そう言うだろう』

秋斗さんのため息がスマートフォンから漏れた。

『それで、白獣は大丈夫なのか?』

「ううん。ケガをして、逃げてるみたいなの」

『………ひどいケガなのか?』

「わからない。でも、血がそれなりに出てるから………」

『わかった。あの白獣のオーラはわかってるから、俺も捜してやる』

「手伝ってくれるの？」

『俺が依頼を断ったせいもあるからな。白獣のいる場所がわかったら連絡する』

「ありがとう、秋斗さん」

私はスマートフォンに向かって、頭を下げた。


一時間後、秋斗さんからＬＩＮＥで連絡が来た。

『白獣は靖國《やすくに》神社にいるようだ。俺も行く』

その文面を読むと同時に、私は走り出した。


午後十時過ぎ、私は靖國神社の巨大な鳥居の前に立っていた。周囲に人の姿はなく、葉の落ちた桜の木の枝が風に揺れている。

私は鳥居をくぐり、薄暗い参道を歩き出す。

空気は冷たく、静寂が場を支配している。東京とは思えない光景だ。

私は周囲を見回しながら、結んでいた唇を開いた。

「白玉………いる？」

その声に反応したのか、木の陰から白玉が姿を現した。

白玉は弱々しい足取りで私に歩み寄る。白い毛の一部が赤く染まっていて、尖《とが》った歯の一部が折れていた。その上部に紙の蝶がひらひらと舞っていた。

「白玉っ！」

私は片膝をついて、白玉の体に触れる。

「大丈夫なの？」

「平気だぞ。白玉は……………強いからな」

そう言って、白玉は折れた歯を見せて笑う。

「由那先生……………すごいだろ」

「すごい？」

「人間にケガさせなかった」

「あ…………」

私は白玉とした約束を思い出す。

「白玉…………ケガしないつもりだった。でも、変な匂いして、頭痛くなった。動きも遅くなった」

「わかった。とにかく、あやかし学校に行こう。保健室で治療ができるから」

「白玉、学校いけるのか？」

「うん。理事長がいいって言ってくれたよ」

「………そうか。よかった」

弱々しい声が白玉の口から漏れる。

「白玉………人間と仲良くする。そしたら…………もう、殴《なぐ》られないか？」

「それは………」

私は言葉に詰まった。

「………あの体の大きな祓い屋は、白玉のことを許してくれないと思う。だけど、私が守るから！」

「由那先生が………白玉守るのか？」

「うん。白玉は私の生徒だから」

私はきっぱりと答えた。

「じゃあ、行くよ。歩ける？」

「白玉………歩ける」

白玉はよろよろと歩き出す。

「ゆっくりでいいからね」

そう言って、私は奥歯を噛み締める。

——切り傷も深そうだし、骨も折れてるかもしれない。病院に連れて行くわけにはいかないから、私が治療するしかない。絶対に白玉を助けるんだ。

「由那…………先生」

「ん？ 何？」

「由那先生は…………白玉のケガ治せるのか？ 白玉、口とお腹が痛い」

「う、うん。私は保健の先生だからね」

私は白玉の頭をそっと撫《な》でる。

「保健の先生はね、生徒のケガを治すのが仕事なんだよ」

「白玉は生徒になるから…………治してもらえるのか？」

「もちろんだよ。私はね、看護師のバイトもしてたし、病気やケガを治す本もいっぱい読んでるんだ。あやかしの体のことは、まだまだわからないけど、すぐに覚えるから」

——そうだ。私は保健の先生なんだ。こんな時に生徒を助けないで、どうする？

巨大な鳥居の近くまで戻ると、その先に黒い人影が見えた。

「やっと、見つけたぞ」

人影…………黒田さんがゆっくりと私たちに近づき、杖の先端を白玉に向けた。

「女、お前はどけ！」

「どくわけないでしょ！」

私は白玉の前に出て、黒田さんを睨《にら》みつけた。

「白玉は私の生徒なの。絶対に殺させない！」

「それなら、お前は俺の敵ってことだ」

突然、杖の先端が私の腹部を突いた。

「ぐっ…………」

強い痛みを感じて、私はその場に両ひざをついた。大きく口を開くが、息をすることができない。

「がっ…………くっ…………」

「バカな女だ。あやかしをかばって痛い目に遭うなんてな」

黒田さんは笑いながら、私の横をすり抜けて、白玉に近づく。そして、黒い杖を振り上げた。

「に…………逃げてっ！　白玉！」

私は黒田さんの腰に抱きついた。

「は…………早く逃げるの！」

「しつこい女だな」

黒田さんが私を引き剥《は》がそうとするが、私は必死に抵抗する。

「行って！　白玉っ！」

「わかった」

白玉は片足を引きずりながら、逃げ出した。

「いい加減にしろ！」

頬《ほお》を強く叩《たた》かれ、私は横倒しになった。

それでも、私は黒田さんの左足を両手で掴《つか》む。

「白玉のところには行かせない！」

「たかが、あやかしのことで必死になるんじゃねぇよ！」

黒田さんは左足を引き抜き、走り出す。

「まっ、待って！」

すぐに立ち上がって、黒田さんの後を追いかける。

——絶対に白玉は殺させない！　私が守るんだ！

ふらふらと上半身を揺らして、ビルの灯りが照らす道を走り続ける。

十字路の角を曲がると同時に、誰かが私の肩を掴《つか》んだ。

振り向くと、秋斗さんが立っている。

「おいっ、大丈夫か?」

秋斗さんは赤くなった私の頬《ほお》に触れる。

「腫れてるじゃないか。それに服もぼろぼろだし」

「私はいいの。それより、白玉を助けてあげて!」

私は新見附橋のある方向を指差す。

「今、黒田さんが白玉を追いかけてるの」

「わかった」

秋斗さんはズボンのポケットから、白い紙を取り出す。その紙が一瞬で蝶に変化した。

「その蝶を追ってこい。無理するなよ」

そう言って、秋斗さんは走り出した。細い路地を一気に駆け抜けていく。

荒い呼吸を整えて、私は止めていた足を動かした。

紙の蝶がひらひらと私の前を飛んでいる。

「白玉……すぐに私も行くから」

重くなった体を引きずるようにして、私は蝶の後を追った。

十分後、新見附橋の上で、私は足を止めた。

周囲を見回すと、外堀の近くを白玉と黒田さんが走っているのが見えた。少しずつ、白玉と黒田さんの距離が縮まっていく。

――まずい。このままじゃ、黒田さんに追いつかれる。

私は斜面を駆け下り、外堀に沿って走る。

「やめてっ！　黒田さん！」

私の声を無視して、黒田さんは杖を振り下ろした。その攻撃を白玉はぎりぎりのところでかわす。杖の先端が地面にめり込んだ。

一気に白玉と黒田さんの距離が開く。

「舐《な》めるなよっ！」

黒田さんが左足を高く上げ、槍投げのような姿勢で杖を投げた。

杖は空気を裂くような音を立てて、白玉の胴体を貫いた。白玉は転げるように外堀の中に落ちる。

「あ………」

私は口を半開きにしたまま、白玉が落ちた外堀に歩み寄る。

コポコポと音がして、水中から泡が出ている。その泡が少しずつ小さくなり、やがて、水面は静かになった。

「し…………白玉？」

私の問いかけに、何の反応もない。

「白玉、白玉っ！」

「無駄だ。もう死んでる」

近づいてきた黒田さんが言った。

「俺の杖は、奴の急所を貫いている。あやかしだって、不死ってわけじゃないからな」

「う…………ウソ…………」

掠《かす》れた声が自分の口から漏れる。

「これで俺の仕事は終わりだ」

黒田さんが水面に向かって手を伸ばす。すると、水中から杖が飛び出してきた。その杖を黒田さんは慣れた様子で掴《つか》む。

「途中、変な男に邪魔されて見失ったと思ったが、所詮はあやかしだな。逃げ方が直線的すぎる」

「…………どうして」

「ん？　何て言った？」

「どうして、白玉を…………」

「殺すのは当たり前だろ」

黒田さんは肩をすくめる。

「これで、俺は報酬を手に入れることができる。楽な仕事だったな」

「楽な仕事？」

「ああ。たった一日で百万の儲けだ。時給にすると十万以上だな」

「…………っ！」

その言葉に、私の頭がかっと熱くなった。

「白玉は殺されるような悪いことはしてない！」

「人間なら、そうだな。高校生のケガは引っかかれたレベルだし、当然、その程度じゃ死刑にはならない。だが、白獣はあやかしだ。人間の法律は関係ない」

「どんな小さな罪でも、殺してもいいってこと？」

「違うな。罪などなくても殺していいんだ」

黒田さんはきっぱりと答える。

「お前が俺にできることは、文句を言うぐらいだ。それとも、戦ってみるか？　俺は構わないぞ」

「………ぐっ」

ふいに視界がぼやけ、体の力が抜けた。足元にぽたぽたと涙が落ちる。

――白玉は私との約束を守って、黒田さんを傷つけなかった。だけど、そのせいで、大ケガをして逃げられなかったんだ。白玉が死んだのは、私のせいなんだ。

「すまなかった………」

いつの間にか、秋斗さんが側《そば》にいた。秋斗さんは肩で息をしていて、ジャケットの一部が破けていた。

「何だ。お前たち、知り合いだったのか」

黒田さんが秋斗さんに近づく。

「………あーっ、なるほど。お前が依頼を断った祓い屋なんだな？」

「ああ。そうだ」

秋斗さんが息を整えながらうなずく。

「話の途中に杖で殴《なぐ》るなんて、攻撃的だな」

「お前が俺の邪魔をしたからだ」

「ちょっと肩を掴《つか》んだだけだろ？」

「あやかしを逃がすためにな」

黒田さんは唇の両端を吊り上げる。

「で、どうする？　あやかしの敵討ちでもやるか？」

「…………いや。お前と争っても何の意味もないしな。ただ…………」

「ただ、何だ？」

「あまり、この女を怒らせないほうがいいぞ」

「…………んっ？」

黒田さんの視線が私に向けられる。

「ただのあやかしが見える女じゃないのか？」

「あやかしの学校で、保健の先生をやってるんだ」

「…………ああ。そんなこと言ってたな。あやかしの学校なんて、聞いたことなかったが」

「最近、人間との共存を目的に開校したらしい」

「で、それがどうした？」

「そこを仕切ってるのは、九尾の狐だぞ」

その言葉に、黒田さんの頬《ほお》がぴくりと動いた。

「九尾の狐？」

「ああ。しかも、四百年以上生きてる霊力の強い奴だ」

「ちょっと待て！　つまり、この女は九尾の狐に雇われてるってことか？」

「そうなるな」

秋斗さんが首を縦に動かす。

「相当、九尾の狐に気に入られてるようだぞ」

「………俺を脅すつもりか？」

「そんな気はないさ。ただ、お前が殺した白獣は、その学校の生徒になって、人間と仲良くなるための授業を受けるはずだった。そんなあやかしをお前は殺したんだ」

秋斗さんの声が低くなった。

「人間と仲良くなろうと思っていたあやかしを殺して、九尾の狐がどう思うかだよな。好感を持たれることはないだろうな」

「………これは仕事だったんだ」

上擦《うわず》った声で黒田さんが言った。

「お前だって、祓い屋ならわかるだろ？　俺たちはあやかしを退治して金を稼いでるんだ。そうだろ？」

「ああ。それを否定する気はない。だが、わざわざリスクを増やさなくてもいいだろ。人間にもあやかしにも恨まれると、ろくなことにならない」

「………忠告は受け取っておく」

黒田さんは不機嫌そうに唇を歪《ゆが》めて、短く舌打ちをした。

「とにかく、俺は依頼主の指示に従っただけだからな。恨むんなら、依頼主にしてくれ」

そう言って、黒田さんは足早に去っていった。

「………恨んでも、白玉は生き返らないよ」

私はぼそりとつぶやく。

――私は白玉を守れなかった。白玉は私との約束を守ってくれたのに、私は守れなかったんだ。

手のひらに爪が食い込み、こぶしが小刻みに震える。

秋斗さんが私の肩に触れた。

「由那………」

「すまなかった」

「………秋斗さんのせいじゃないよ」

――そう。悪いのは私だ。私が黒田さんを止めていれば白玉は逃げることができた。もう少しだったのに………。

悔しさと悲しさと後悔で心が締めつけられた。

――白玉は悪いあやかしじゃなかった。人間を傷つけたのは、それが悪いことだと思ってなかったからだ。もっと早く白玉と出会っていたら、こんなことにはならなかった。私が人間との関わり方を教えられたのに。

「秋斗さんは何も悪くない」

「いや。謝ったのは、お前の思ってることとは違うんだ」

「…………違う？」

私は口を開いたまま、秋斗さんを見上げた。

秋斗さんは視線を斜面の上に生えている桜の木に向けた。

「おいっ、もういいぞ」

その言葉に反応して、木の陰から白玉が姿を見せた。

「え…………？」

一瞬、私の思考が停止した。

――何で？　白玉は私の目の前で殺されて…………。

「外堀に落ちたのは、俺が紙で作ったニセモノの白玉だ」

「に…………ニセモノ？」

「ああ。紙を何枚も使えば、ある程度の大きさのものも再現できるんだ。それで白玉のニセモノを作って、黒田の目をごまかしたってわけさ」

「じゃあ………」

「そこにいる白玉が、本物だよ」

「あ………」

私は震える足を動かして、白玉に歩み寄った。

「白玉………大丈夫なの？」

「白玉、体痛いけど元気」

白玉は歯の折れた口を開いた。

「この人間が………白玉隠れてろって言った。だから………隠れてた」

「白玉っ！」

私は白玉の体をぎゅっと抱き締めた。

「よかった。生きてたんだね。本当によかった」

ぽろぽろと涙がこぼれ、白玉の白い毛を濡らす。

「由那先生………どうして泣いてる？」

「………嬉しいからだよ。白玉が生きてて嬉しいの」

「嬉しいと泣くのか？」

「人間は…………嬉しくても泣くんだよ」

私は白玉の頭を撫《な》でる。

「すまなかったな」

もう一度、秋斗さんが謝った。

「黒田を騙《だま》すためには、すぐにネタバラシするわけにはいかなかったからな。お前を悲しませるつもりはなかったんだが…………」

「…………う、ううん」

私は涙を拭いながら、首を左右に振る。

「ありがとう。秋斗さん。白玉を助けてくれて」

「運がよかっただけだ」

秋斗さんは、そっけなく答える。

「本当は、あのままニセモノの白玉を追いかけさせて、本物を逃がすだけの予定だったが、上手く外堀に落ちてくれたからな。ちょっと計画を変更したんだ」

「白玉が死んだと思わせたんだね？」

「ああ。そうすれば、しつこく追われることもなくなるからな」

秋斗さんの視線が外堀に向けられる。

「これで、黒田は依頼主にあやかしを退治したと報告して、依頼料を受け取るはずだ」

「退治した証拠は必要ないんだね？」

「死んだら消えてしまうあやかしも多いからな。動画や写真に写ることもないし」

「あ、そうだよね。理事長も同じこと言ってたよ」

私は理事長の言葉を思い出す。

「まあ、白玉が生きてても問題ないだろ。白獣の個体の判別までは難しいし、黒田も金がもらえたら、違和感があっても気にすることはない。それに、白玉が人間を襲うことは、もうないだろ？」

「うん。私がちゃんと教えるから。人間を襲っちゃダメだって」

「それならいい」

秋斗さんは白玉を抱き上げた。

「さっさと白玉を保健室に連れて行くぞ」

「う、うん！」

私は元気よく返事をする。さっきまで重く感じていた体が、すっと軽くなった。

一週間後の朝、保健室で薬を棚に並べていると、理事長がやってきた。

「おはよう、由那先生」

「あ、おはようございます。理事長」

私は理事長に頭を下げる。

「さっき、廊下で白玉に会ったわ。今日から授業に参加するみたいね」

「はい。理事長が教えてくれた薬のおかげです。あの漢方薬を飲ませたら、白玉がすごく元気になったし」

「ううん。あなたがずっと保健室に泊まり込んで、看病してたからよ」

理事長は目を細くして微笑《ほほえ》む。

「本当に頑張ったわね」

「頑張ったのは白玉です。傷口に触れて痛かったはずなのに、私の治療を受け入れてくれました」

「あなたを信頼してたからでしょうね」

「白玉がですか？」

「ええ。あやかしにとって、ケガをしたところに触れられるのは怖いことだから」

「そうなんですか？」

「人間と違って、いつでも医者に診てもらえるわけじゃないしね」

そう言って、理事長は薬の入った棚に視線を向ける。

「だいぶ、あやかしに使える薬も増えてきたし、ここも保健室らしくなってきたわね」

「まだまだですよ」

「まだ、薬が足りないの？」

「いえ。私の知識がです」

きっぱりと私は答える。

「あやかしにはいろんなタイプがいますからね。効く薬もばらばらだし、それを私が覚えてないと意味がないんです」

「たしかにそうね。化け猫の小鈴は猫と同じ薬が効くこともあるけど、それは風太には使えない」

「はい。雪女の雪音さんは人間の胃薬は効くけど、頭痛薬は効かないんですよね。ハニポンは、まだよくわかってないし」

「まあ、私も全てのあやかしのことを知ってるわけじゃないしね」

「せめて、うちの学校の生徒のことだけは、ちゃんと知っておきたいんです。何かあった時のために」

私の言葉に、理事長は満足げにうなずく。

「そうそう。あなたに聞かないといけないことがあったの」

「何ですか？」

「あなたが、この学校で働き始めて、今日で一ヶ月なの」

「もう、そんなに働いていたんですね」

「それで、私、言ったでしょ。一ヶ月だけ、うちの学校で働いて、その後、続けるかどうかは、あなたが決めていいって」

「あ…………そうでしたね」

私は一ヶ月前の理事長の言葉を思い出した。

「で、どうするの？　私としては、あなたにずっと働いてもらいたいんだけど」

「…………」

数秒間の沈黙の後、私は唇を開いた。

「実は、この前、親から連絡があって、熊本で中学校の保健の先生の仕事を紹介してもらえたんです」

「あら、そうなの？」

「はい。私の実家は熊本だから、家からその中学校に通えるかもしれないんです。それに、熊本には友達も多くて…………」

「それは、あなたの希望通りの仕事でしょうね。生徒は普通の人間だろうし」

「そうですね。でも…………」

「でも？」

「最近は、ここで働くことが楽しくなっちゃって。あやかしのことは、わからないことだらけで覚えることがいっぱいあるけど、それが苦痛に感じないいんです」

私は保健室の中を見回す。

「あやかしに効く薬を調べたり、人間のことを教える授業の内容を考えたり」

「それが楽しいの？」

「はい。もちろん、この仕事を続けるのなら、楽しいことだけじゃないのもわかってます。今回の白玉のことだって、一つ間違えば、生徒を死なせてたかもしれないし」

「…………そうね」

「きっと、人間の生徒がいる学校で働いたほうがいいんだと思います。ちゃんとマニュアルもあるし、お医者さんに相談することもできる。それが頭のいい生き方かなって」

「じゃあ、辞めるの？」

「いいえ！」

理事長の顔をまっすぐに見つめて、私は言った。

「まだ一ヶ月だけど、関わった生徒がいっぱいいますし、私も理事長と同じ考えですから」

「人間とあやかしが仲良く暮らせる世界を望むのね？」

「はい。悪いあやかしばかりじゃないことがわかったし、私もそんな世界で暮らしたいですから」

私の言葉に、理事長は満足げに微笑《ほほえ》む。

「それなら、これからもよろしくね。由那先生」

「はいっ！　よろしくお願いします」

私は理事長が差し出した手をしっかりと握り締めた。


私は保健室を出て、二階にある教室に向かった。ぎしぎしと音がする階段を上がり、教室の扉を開く。

中には、風太くん、小鈴ちゃん、ハニポン、雪音さん、そして、白玉がいた。

白玉は右目に特製の眼帯をつけていて、腹部にガーゼが当てられている。

「こんにちは。由那先生」

白玉がイスの上に立って、挨拶する。

隣の席にいたハニポンが白玉に声をかけた。

「おいっ！　朝の挨拶は『おはよう』なんだぞ」

「そうなのか？」

「そうなのだ。俺は由那先生から、いろいろ教えてもらったからな」

ハニポンは両手を腰に当てて、ぐっと胸を張った。

「俺はひらがなも書ける。しかも、ハ行までだ」

「人間の文字が書けるってことか？」

「そうだ。すごいだろ？」

「白玉は書けない」

「まずは『あいうえお』を覚えろ。これが基本だ」

「わかった。白玉、覚える」

白玉とハニポンの会話を聞いて、私の頬《ほお》が緩んだ。

――白玉とハニポンは仲良くやれそうだな。背丈も同じぐらいだし、どっちも外見はゆるキャラっぽいし。

私は生徒たちに挨拶を返して、教壇の上に立つ。

風太くん、小鈴ちゃん、ハニポン、雪音さん、白玉の視線が私に集中した。

――こうやって、教壇から見てると、やっぱり人間の教室とは違うな。外見が人間と同じなのは、風太くんと雪音さんだけで、小鈴ちゃんは猫の耳としっぽが生えているし、ハニポンと白玉は一目で人間じゃないとわかる。でも、みんな、私の大切な生徒たちだ。たとえ、あやかしでも…………。

「どうしたの？　由那先生」

雪音さんがグロスを塗った唇を開く。

「さっきから、私たちの顔をじっと見てさ」

「あ、ごめんごめん。考え事してて」

「考え事って、秋斗さんのこと？」

「違うよ！」

顔を赤くして、私は強く否定する。

「あなたたちのことを考えてたの。これからの教育方針をね」

「割り算の次にも覚えることがあるの？」

「当たり前だよ。雪音さんは高校生に見えるから、二次関数ぐらいは知ってたほうがいいし、一般常識もまだまだだからね」

「俺は大丈夫だろ？」

風太くんが私と雪音さんの会話に割って入った。

「俺の外見は小学六年生ぐらいだし、それぐらいの知識はあると思うぞ」

「でも、風太くんも覚えることはいっぱいあるから」

「何をだよ？」

「例えば、買い物の仕方とかね。人間のふりをするのなら、そういうこともできるようにならないと」

「私、できたよ」

小鈴ちゃんが、嬉しそうに言った。

「この前、由那先生がお金くれて、クッキーを自分で買ったの。魚の形をしたクッキーで、すごく美味しかったよ」

「えっ？　由那先生からおごってもらったのかよ」

「うん。薬屋さんに売ってあったの」

「おいっ！　由那先生！」

風太くんがイスから立ち上がり、私に駆け寄る。

「ずるいぞ。小鈴だけかよ！」

「あれは、ちょうどいい機会だったから」

私は胸元で両手を左右に振る。

「わっ、わかった。今日の放課後は風太くんの買い物訓練をするから、ついでにおごってあげるよ」

「よし！　それなら、許してやる」

「ねーねーっ！」

雪音さんが右手を上げた。

「私にもおごってよ。生徒を差別するのはダメなんでしょ？」

「えーっ？　雪音さんはお金持ってて、買い物もやったことあるでしょ？」

「でも、私も由那先生の生徒だし」

「…………わかったよ。じゃあ、雪音さんにもおごってあげる」

「やった。サマンサタバサのショルダーバッグが欲しかったんだよね」

「何言ってんの！　おごるのは三百円までだから」

「えーっ、そうなの？　ケチだなぁー」

雪音さんは不満げに頬《ほお》を膨らませる。

「それなら、亀井堂《かめいどう》のクリームパンにしよーっと。あれ、クリームがぎっしり入ってて、すっごく美味しいんだよね」

「由那先生」

今度は、ハニポンが両手をあげた。

「俺も神楽坂饅頭《かぐらざかまんじゅう》買いに行く」

「あーっ、ハニポンはちょっと店員さんが驚くから買い物は難しいかな。でも、ハニポンにもおごってあげるからね。もちろん、白玉にも」

「やったぞ、白玉。俺たちもおごってもらえる」

「食い物がもらえるのか？」

白玉の質問に、ハニポンがうなずく。

「お前も神楽坂饅頭《かぐらざかまんじゅう》をもらうといいぞ。あれは神の食べ物だからな」

「それは楽しみだ」

「はいはい」

私は胸元で両手を二回叩《たた》く。

「おしゃべりはこれで終わり。授業を始めるよ」

「神楽坂饅頭《かぐらざかまんじゅう》を買いに行くんじゃないのか？」

「それは放課後だって」

ハニポンの質問に、私は笑顔で答える。

——変なところもあるけど、みんな、根は素直でいい子たちばかりだな。この子たちが退治されたりしないように、私がしっかりと教育するんだ！

私は背筋をぴんと伸ばし、ふっと息を吸い込む。

「それでは、授業を始めます！」

決意を込めた私の声が教室に響き渡った。

双葉文庫

く-22-06

神楽坂0丁目《かぐらざかぜろちょうめ》 あやかし学校《がっこう》の先生《せんせい》になりました

2019年4月14日　第1刷発行

【著者】
桑野和明《くわのかずあき》

【発行者】
島野浩二
【発行所】
株式会社双葉社
〒162-8540 東京都新宿区東五軒町3番28号
［電話］03-5261-4818(営業)　03-5261-4851(編集)
www.futabasha.co.jp
(双葉社の書籍・コミックが買えます)
【印刷所】
中央精版印刷株式会社
【製本所】
中央精版印刷株式会社

【表紙・扉絵】南伸坊
【フォーマット・デザイン】日下潤一
【フォーマットデジタル印字】恒和プロセス

ISBN978-4-575-52212-9 C0193
Printed in Japan

FUTABA BUNKO

京都寺町三条のホームズ
Holmes at Kyoto Teramachisanjo
望月麻衣
Mai Mochizuki
京都の寺町三条商店街に、ポツリとたたずむ骨董品店『蔵』。女子高生の真城葵は、ひょんなことから、そこの店主の息子の家頭清貴と知り合い、アルバイトを始めることになる。清貴は物腰や柔らかいが恐ろしく感が鋭く、『寺町のホームズ』と呼ばれていた。葵は清貴とともに、様々な客から持ち込まれる奇妙な依頼を受けるが──。

発行・株式会社　双葉社

FUTABA BUNKO

発行・株式会社　双葉社

FUTABA BUNKO
神様たちのお伊勢参り
竹村優希
発行・株式会社　双葉社

FUTABA BUNKO

発行・株式会社　双葉社